百岁忆往

我的成长与研究道路

尚明轩 著

金城出版社
GOLD WALL PRESS
北京 · 2021

图书在版编目（CIP）数据

百岁忆往 / 尚明轩著 .—北京：金城出版社有限公司，2021.8

ISBN 978-7-5155-2129-9

Ⅰ .①百… Ⅱ .①尚… Ⅲ .①尚明轩—自传 ②中国历史—近现代—文集 Ⅳ .① K826.3 ② K250.7-53

中国版本图书馆 CIP 数据核字（2020）第 246985 号

百岁忆往

作　　者　尚明轩
责任编辑　李　涛
责任校对　李凯丽
责任印制　李仕杰
开　　本　880 毫米 × 1230 毫米　1/32
印　　张　9
字　　数　200 千字
版　　次　2021 年 8 月第 1 版
印　　次　2021 年 8 月第 1 次印刷
印　　刷　鑫艺佳利（天津）印刷有限公司
书　　号　ISBN 978-7-5155-2129-9
定　　价　78.00 元

出版发行　**金城出版社有限公司**
北京市朝阳区利泽东二路 3 号（100102）
发 行 部　（010）84254364
编 辑 部　（010）84250838
总 编 室　（010）64228516
网　　址　http://www.jccb.com.cn
电子邮箱　jinchengchuban@163.com
法律顾问　北京市安理律师事务所　18911105819

前　言

我出生于公元1921年（民国十年）10月27日，即农历辛酉年九月二十七日，属鸡。光阴荏苒，斗转星移，抚今追昔，转瞬间，我已年届百岁高龄，走到了人生的边缘，继续前行的时间不会很多了。生老病死是生命不可抗拒的自然规律，任何人都挡不住岁月的流逝。虽然多数人不知一生实际上能生存多少岁月，但我趋近人生尽头，是不争的事实。我虽然对生死漠然置之，但是对现在日益强盛的祖国和人民幸福美好的生活有所留恋，奈何来日苦短，很难说，今后在夕阳路上还能走多远！

在我年过耄耋，已是百岁的暮景残年时，重新回顾自己经历过的陈年旧事，有许多感悟，诸多跌宕起伏的事件随我成长，确是别有一番滋味和体会。也是应该把我亲眼看到、亲耳听到、亲身接触到的事，如实地记录下来，提供一份百年来的经历和见闻，总结已逝的路程，谈点经验和教训。最近，我的子孙、亲戚与朋友们，也鼓动我在垂暮之年把个人的一生如实地叙述和总结出来。保存历史记忆，记录百年风云，既可以律己，又能对后人了解历史有益，并可余暇翻阅，能资谈助，还能传给后代，算是留一点“精神遗产”，可以作为他们知往鉴今的参考与启迪。因此，我便着手对往年的一些碎片化的记忆重新拾掇梳理，动笔写了这本不无意义的回忆录。

在过去的一个世纪的生命旅途中，我走过了不少非一般人所能想象的崎岖曲折又加上霜雪般坎坷的人生道路，尤其是在青少年时代，长期生活在饥寒交迫和穷困潦倒之中，历尽辛酸和苦难。

我的人生轨迹，经历了20世纪的八十年和21世纪的二十年时间。这段人生历程，可以说是中华民族历史上一个风雷激荡、风云变幻的时代，是阶级斗争、民族斗争极为复杂的时代，是一个不断发生着大动荡、大变革的不寻常的历史时期。疾驰而过的这一百年中，中国经历了从来没有过的历史巨变。我生于乱世，长于乱世，先后亲历了民国北京政府、民国南京政府、抗日战争、解放战争时期，一直到新中国成立及之后的历次政治运动与建设，浮沉在长期离乱之中，艰苦备尝。庆幸的是，我越过了黑暗，走向了光明，并迎来了全面建设社会主义现代化中国的波澜壮阔的新时代，目睹中国道路的曲折与辉煌，亲身感受祖国从贫困落后到富裕强大的艰苦成长过程。如今，进入21世纪第三个十年的开端，又适逢近代史上划时代的辛亥革命爆发110周年、中国共产党成立100周年、中华人民共和国成立72周年，国家已经繁荣富强地屹立在世界的东方，迎来了中华民族伟大复兴和兴旺发达的光明前景。

在这个不寻常的时代，我曾经怀着一颗爱国之心，争强好胜，始终对生活充满信心，从而逃脱重重祸患磨难，执着追求学业。长期升沉多曲折，曾历经八年的烽火流亡、八年的行政与教书诸工作、六十五年稳坐冷板凳的笔耕研究生涯。它涵盖了我一生的经历见闻，以及在历史波澜中的漂流沉浮，并可从中使我体验一些非一般人所能想象的跌宕曲折和辛酸苦辣，同时伴有某些一马平川、欢欣鼓舞的坦途，既有阳光大道，又有独木小桥。可以说，酸咸苦辣甜，五味杂陈，百感交集。但总的说来，崎岖多于平坦，忽深谷，忽洪涛，幸赖桥梁以渡。桥何名欤？即奋斗不息，艰苦前行也。

不过，终我一生，尽管饱经磨难，风雨兼程，却始终怀着与学习为友、与工作相伴、与时代同行的心愿，对生活充满信心并努力而为之。近百年间，个人为国家的出生入死，命运的翻腾演变、坎坷多舛，或为亲朋好友、史学研究者所亟欲一寓目，期有所知我并参考借鉴焉。

那么，这一百年来，我是怎样成长起来的？又是怎样走上学术研究道路的？

现在静下心来，自我反思，可以说，今天的我，是经过昨天、前天五味杂陈的经历和不停努力学习与长期积累而来的。高尔基曾说：“为了正确地评价现在，就必须了解过去。目前我们中间，还有不少这样的人，他们全然不知道过去苦役般的生活，因而也就不能正确地评价现在。”因此，根据亲身经历，即亲眼看到、亲耳听到、亲身接触到的种种经历，忠实、简要地记录走过的这段路程，所经历过这一百年中国的历史踪迹，也许会使读者和后人对我有所了解，并从中取得一些参考和启示。

回忆已逝岁月，诸多往事一幕幕浮现在脑际，依旧历历在目。忆及往昔，道路崎岖坎坷。可以说，跌宕起伏的事件始终伴随着我成长，并成为我一生的宝贵财富。我没有参与过什么历史大事件，更无惊天动地的伟业，除去在学校读书和新中国成立前后七八年的时间中，基于工作需要，从参军做青年宣传和组织工作，到转业从事教育行政和教学工作外，毕生都只是一个普普通通的中国近代史学研究工作者，一个在时代浪潮中摸爬滚打、颠簸前行的近代史学人。但是，我所经历的大小事件、点滴个人所见所闻与亲身感受，以及心路历程和诸多感悟，却是值得仔细回味和进行认真总结，以为后人存留一点记忆的痕迹和某些值得参阅与传承的资料，庶免久后会被岁月流逝而掩埋无痕。人生如白驹过隙，能留下些许痕迹，才算没有白活，予愿足矣。

这本回忆录是自己的亲身经历，是我对家国历史的回忆，是对社会历史的见证，更是个人的阅世积累和理性反思，要讲的是实实在在的亲身感受与感知。我虽然力求在记述中忠实反映客观历史，但是个人的感怀和认识，难免会受到所处时代和自己理论水平，以及知识能力和认知方法与角度的局限，因而对一些有关事件的取舍不当，在所难免，主观愿望不一定与客观实际相吻合。我的认识和见解，纯是见仁见智的个人解读，仅是一得之见，敬乞同道赐正。

2021年8月4日

北京方庄寓所书斋

目　录

第一章　苦难的童年

一、故乡和家世

1921年金秋的10月27日（农历九月二十七日），我作为一个新的生命来到了这个世界，降生在河南省许昌县（今许昌市建安区）东北22.5公里的五女店镇俭德村（今属陈曹乡）。

我的家乡河南省，位于黄河中下游，是中华民族和华夏文化的发祥地之一，自古属于豫州，居九州之中，被称为中国之中原。她自秦汉时期到明朝初期，都是中国的政治、经济和文化交流中心地区，先后有20多个朝代、200多位皇帝在此区域内的数个城市建都。在中华五千年文明史中，河南作为全国政治、经济和文化中心长达三千年，历史久远而辉煌。许昌县位于河南省中部，地处交通要枢，是中原的腹地，又处于全国和河南省地理位置的中心，自古就是兵家必争之地，在西周为许国，汉魏时称许都。东汉建安元年（公元 196 年），曹操自东汉京都洛阳胁迫献帝，迁都许都许县（今许昌市东），许昌成为汉朝末年的都城。此后各代，许昌均为名邑重镇。其地东接豫东平原，西接伏牛余脉，京广铁路横贯南北，清潩、双洎两河逶延东西。地处亚热带和北温带的过渡区，具有得天独厚的地理气候优势，归属平坦富饶的黄淮冲积平原，为大陆性暖温带季风型气候，风景秀丽，交通便利，人民勤俭淳朴。公元 221 年被定为魏国都城时，曹操曾屯兵许昌，促使许昌的经济文化得到快速发展。独具魅力的三国文化深深地扎根于此，从而进一步使其成为一座历史悠久、令人神往的文化名城。

俭德村远离县城，处于许昌、鄢陵、长葛三县交接地区，距许昌县城 45 里，交通、文化都很闭塞，鲜与外界沟通和交流，是个穷乡僻壤的村落。当时，这个不足百户人家的中等自然村落，仅有尚、马、李三姓，都以农耕为业。尚姓是当地的大家族。本地尚姓的来源众说纷纭，相传较多的一种说法是，尚姓从山西一带迁徙而来，是否是这样，因时间久远，也没有宗祠和家谱的佐证，已经无从考订。但可以肯定的是，许昌是一个尚姓居民比较集中的地区。比如，在该县还有一个叫尚集的地方，那里尚姓居民也很多，是一个以尚姓为主的大镇。

尚姓是俭德村中的大户，人丁兴旺，我家大大小小有30多口人，居住在村北街路南边的一所颇大的瓦房院落的后院里。记得曾祖母和侍奉她的一位亲戚住在南屋的三间二层楼房里；祖父母居住在北屋三间平房里；父母和我弟弟居住在西屋三间房屋里；我和哥哥居住在东屋两间平房里；最西边有一间厨房，堆放一些杂物。院落的后面还有个不大的院子，有两间磨坊，种有几棵石榴树和枣树，还有个储藏红薯等的地窖。三叔一家住在临街的前院，二叔一家住在街东头我家养牲畜的院落中。

据自己视听所及，我的祖辈多代都是半耕半读，耕读传家，曾拥有颇多的地产，是当地有名望的殷实人家。但与官场和学问几乎无缘，只在清代末年考中过一个秀才，没有什么较大的功名。值得称道的是，祖辈多代都是年享高寿，曾祖母活到了106岁，享天寿；祖父和叔父辈的一代，也均是在90岁左右去世。家族遗传基因还是挺好的。

祖父尚毓秀一代，有兄弟六人，后分家各立门户。祖父行六，继承了部分祖业，虽拥有七八十亩农田，雇有长工，并有土地出租，但由于匪患的侵扰和抢掠，家道已经开始衰落，生活逐步陷于窘迫，稼穑艰难。他以厚道传家，乐善好施，并教导后辈勤耕奋

父亲尚俊杰（1972 年）

读，忠厚为人，在当地附近村落广为人们称颂。

祖父母共生有三子一女，我父亲尚俊杰（字聘卿，1899 年 12 月 29 日—1976 年 11 月 24 日）居长。二叔尚俊兴，仅上过私塾，一直在村中务农。他有一个儿子、一个女儿，解放前家境平常，解放时定为中农。改革开放后，他的孙子在事业上有所成就，现在他家的后代家境殷实，生活颇好。三叔尚俊江，是我们家族在民国时期的第一个大学生，但他仅在北平的中国大学读了一年，就休学回到了家乡。后来做买卖，经营产业，并把赚的钱都购买了土地。因此，解放时被定为地主。后来，他离开家乡，跑到开封一个亲戚家中安家，最后病逝在开封。他有三个儿子，现分散居住在河南的开封和平顶山两个城市，从事教书和企业管理工作。姑姑尚俊缤，外嫁鄢陵县一个殷实人家。嫁过去不久，丈夫就病故了。后来，改嫁到许昌一个农民家中。

我的父亲毕业于河南旧制中等学堂，长期从事乡村小学教育工作，曾为许昌县政府的小职员。他为人严肃，平日不苟言笑，对晚辈的学习尤其要求严格。由于望子成龙心切，遇有我成绩欠佳，或性格顽皮时，常加责打，我幼年和少年时就曾多次受到其打手掌或打屁股的惩罚。抗日战争爆发后，1938 年许昌沦陷。他不甘心为日寇做事，携家人（母亲和弟弟）从县城返回俭德村。我对父亲回农村的情况所知不多，但大哥的长子培贤，幼年因与其祖父同住，记忆较深。他记得，40 年代后期，爷爷的“鬓角已露出一点点花白的头发，他脸上刻着岁月的痕迹；宽宽的额头上爬上了一条条的皱纹，像一道道此起彼伏的水纹；年轻时的浓眉，现在却已稀疏，呈现出了倒八字。眯着的眼睛，常常专注地看着前方，但缺少了神韵，似乎已经老视，看东西都已经模糊不清了。高高鼻子的下方，长着花白的胡须，围绕在嘴边，偶尔会看到他紧抿着双唇，叼着烟杆，深深地吸上一口，露出十分享受的样子。爷爷爱讲岳飞、文天祥等英雄人物的故事。他讲故事时，神采飞扬，手会不自主地拍一下大腿，仿佛头上的皱纹里跳出一个‘喜’字来”。

我父亲一辈子的生活是半耕半读。虽知书达理，毕生教书育人，但把自己另一半的爱给了土地，心也融入土地之中。他那翻滚的血液中散发着浓浓的土香，一遇空暇就用锄头和双手培育自己的土地，常常挥洒汗水，不稍休息。

在我们家的大门上有一副对联：“继祖宗一脉真传，教子孙两行正路。”横批是：“惟读惟耕”。家中长辈要求后人牢记：传家二字耕与读，防家二字盗与奸；倾家二字淫与赌，守家二字勤与俭。这些已成了我们家的历代家训。

父亲除勤耕自己的土地外，长期在家乡附近的五女店、万庄等地乡村小学校教书，工作勤勤恳恳，培养了不少农村小学生，深得人们的称赞和表扬。在年迈退休后，无所事事，60多岁时染上了吸食鸦片的恶习，以至耗尽家产，生活潦倒。新中国成立后，他居乡养老，由我的三弟金堂一家照顾生活，后在家乡病逝，享年77岁。

母亲萧玉聪（1963年）

我母亲萧玉聪（1895年8月12日—1982年8月12日），娘家系距俭德村西半公里的闫寨店村人。她出身农家，一生没有进过学校门，不认识字，是连自己的名字也不会写的地地道道的旧式农村妇女。母亲虽没有文化，但为人十分要强，知晓礼仪，精明强干，忠厚善良，能见微知著，是一位广有见识的劳动妇女。她的一生勤劳朴实，忠厚善良，慷慨豁达，能让能忍，是中国贤妻良母典型。在我小时候的印象中，她天天辛苦地操持家务，经常坐在地上的草垫子上，用木制的手摇纺车纺棉线。她还是中国妇女中吃苦耐劳、忍辱负重的典型。她经历了娘家匪患大祸和丈夫大男子主义粗暴对待，以及夫妻长时期没有生活在一起等诸多不幸，一生中经历了诸多风雨，忍受了许多寂寞和痛苦，在多灾多难中顽强地撑挺着，更深刻地体会到了人生的坎坷不平。母亲会织布纺线、剪裁衣服，还会纳出好看的鞋垫，以及做很暖和的棉窝[1]，供给我们全家人穿用。夏天，她会用西瓜和黄豆制作出味道鲜美的豆瓣酱，是很好的佐餐下饭小菜，全家人非常喜欢吃。她为人善良，宽厚慈善，正直刚强，勤劳俭朴，含辛茹苦地谆谆教导晚辈力行勤奋、刻苦、上进等做人的道理，极力教导并支持孩子们立志于自食其力，不要卑躬屈膝、仰人鼻息，更重要的是要忠厚正直。她虽然不识字，但是她有很美的德行，她的心比金还贵，比

1　棉窝：河南农村对棉鞋的称呼。

金刚石还坚。她是一位善良仁慈且善于育人的母亲。她的勤劳善良的优秀品质，以及谆谆教导的言传身教，曾对我们哥弟三人的成长起了重要作用。我一生勤于学习、执着求知、俭朴无华和自尊心甚强等个性特点，可以说多是在母亲的潜移默化中逐步形成的。

自 1954 年起，母亲离开了闭塞的农村老家，到北京同我住在一起，照料我全家的生活，抚养年仅三岁多的小孙子。其间，除到武汉的哥哥家住过几个月外，近三十年如一日地操劳家务，终生不失勤劳朴实的本质。她几乎整天不闲，不是搓麻织线，就是打扫房间，洗洗缝缝，为我和我这个小家付出了全部的心血。她在平凡的一生中放射出了夺目的光华，像歧路彷徨者在黑夜的困境中看见的一盏明灯，永远照亮我前行的路程！

最使我伤心的是，1982 年 8 月 12 日夜晚，母亲身坐躺椅，安详平静仙逝。逝世之日正好是她 88 岁寿辰，生辰和卒日发生在同月同日，是世上人间极为罕见的。当时，我正在广州出差，同廖晖（廖承志同志的长子，原第十、第十一届全国政协副主席）一起筹办廖仲恺纪念馆的工作，没能在她老人家临终前见上最后一面。这让我一生追悔莫及，遗憾悲痛不已，成为我无法弥补的终生之痛！

1960年12月某日上午，我们兄弟三人在天安门广场留影
（哥哥在左边，我在中间，弟弟在右边）

我原名金声，字铭铎，笔名明铎、丁牧，后改名明轩。我共有兄弟四人：长兄金鼎（字铭轩，1917年9月20日—2009年2月8日），在抗日战争时艰苦读书，勤奋工作，深受人们称赞。他除短期做过《河南日报》编辑工作外，长期从事银行金融工作，寿高94岁病逝。他的两子、两女及其后代，从事企业、教育等工作，除孙辈两人远去澳大利亚外，均定居湖北武汉。二哥幼年夭折，我理所当然成了老二。弟弟金堂（字铭箴，1923年10月19日—1994年1月28

日），是中国石油大学职工，勤劳朴实，乐为人梯。他一家老少三代在石油大学繁衍生息，并延伸到青岛的黄岛经济建设开发区，在石油大学机电公司和出版社等相关单位工作。他由于嗜烟成性，身体虚弱，在1994年仅72岁病逝。其一子、一女及其后代多人，现分居山东东营和青岛两地。

我有一子、二女，均勤奋成才，各有专长，分别在科研、教育和企业部门工作。儿子、儿媳和孙子近在身边，嘘寒问暖，其乐融融。两个女儿和四个外孙入了美国籍，限于路途遥远，以及中美文化的差异，很少回国探视。幸有在武汉的两个侄女（培珍、培玲）孝顺备至，经常问暖致候，不时来北京探视、陪伴和照顾，亲情浓浓，极大地减轻了我晚年时常有的孤单之苦。再加之，自身已心态安详，生活恬淡朴实，起居规律有序，不吸烟，不喝酒，一心求知著述，这些都使我的暮年生活过得有滋有味，既愉悦欢快，又能安心发挥余热。正是充实安详长达三十余载的离休生活，促我长期笔耕，坚持不懈，自觉奋进，得以放射出颇为光彩的余晖。

我的挚友、中山大学教授段云章曾在1997年11月13日的来信中，谈及他家客厅里挂着明代于谦的一幅字诗《观书》：

书卷多情似故人，晨昏忧乐每相亲。
眼前直下三千字，胸次全无一点尘。
活水源流随处满，东风花柳逐时新。
金鞍玉勒寻芳客，未信我庐别有春。

他认为，这也是我老年坚持学术研究的真实心情写照。实际上，我受之有愧。我们这一代史学工作者中，大多数人兢兢业业、笔耕不辍，在晚年虽身体日益欠佳，但常常坚持奋斗，在自己喜爱的研究领域发挥余热。这不仅是工作的需要，也是我一生的兴趣，更是我一辈子的理想。为研究历史而甘坐冷板凳的刻苦笃学精神，贯穿于我所研究课题的始终。

二、童年杂忆

我 12 岁以前都是生长在偏僻闭塞的农村，童年没有玩具，没有看过戏，也没听过音乐，除三年读私塾学堂、吃饭和睡觉外，几乎整天和左邻右舍的小伙伴们，在农田和牛马猪鸡活动的环境中戏耍、撒欢；农忙时节，还曾到地里捡拾麦穗，到自家的场院里辅助收拾农作物，亲身体验过农民生活的艰辛，了解到人们酸甜苦辣的日子。

当时处在旧军阀统治之下，社会动荡，混战不断，人民处于苦难流亡之中。我的家庭频遭战乱和匪患侵害，家庭境况日益窘迫，生活一直过得比较艰苦，一年里只有在重大节日和过年时才能吃到白面，平日只能以高粱、玉米饼、杂粮、红薯和野菜果腹。

在俭德村东门外约半里之遥的中岳庙村，每月逢五、十都有半天集市，进行物资交流，以应四周村落的人们购买日常用品等杂物。我祖父经常要去赶集，每次总会带回几个白面馍以饱口福。当他坐在自己房前院中的小凳上悠闲地吃白面馍时，看到喜爱的小孙子站在旁边馋涎欲滴，便掰一块递给我。我吃起来，感到仿佛是龙肝凤髓一样，美味诱人，味道好极了。当时并不知道，世界上还有比白面馍更好吃的东西。这是我童年时得到的最高享受、感觉到的最大欢愉。

记得有一年过春节时，母亲给我们哥弟三人每人发了一个白面馍。弟弟金堂为人淳厚，舍不得立即吃下这个好吃的白面馍，便把它藏在一个小桌的抽屉中。我吃完自己的白面馍后，并没有吃饱。解馋贪吃的心，促使我偷偷地把弟弟的那一个也装进了我的肚子里，中饱了私囊。事发之后，弟弟号啕大哭，我被父亲狠狠地斥责了一顿。此后，我长时间里深感内疚。每当回忆此事，总觉得愧为兄长，太对不起弟弟了。通过这件事，也促使自己在改正错误的过程中得到了逐步成长。

相比同村的孩子，我长得大眼大耳，眉目清秀，有一双粗黑浓眉下葡萄似的眼睛，并且面貌端正，深得家人、亲戚们的喜爱和称赞。但由于年幼，我个头矮小，身体较弱，经常被大孩子们欺负。他们不是无端地拧我的耳朵，就是把我当作沙袋，随意给我两拳，使我受了不少委屈。这时，母亲便成了我的保护伞，她千方百计地呵护着我。每次生病，母亲都会一直守护在我身边，在我发烧的额头上敷一块湿毛巾，并不停地更换。母亲的爱使我的内心有了依靠，获得了安全的港湾。

在我 5 岁多时，有一次，我快乐地同几个年龄相仿的小伙伴，在饲养牲畜的院子里嬉戏玩耍，正在兴高采烈地乱跑乱跳时，一匹奔跑的小马驹向我脸部猛踢了一脚，伤处恰在右眼下部，稍上一点就是眼球，真是危险极了。我疼痛得大哭，血流不止，把全家人都吓坏了。这自然给父母意外地带来了很多麻烦。这一伤害使我至今右眼的下部还留下了一个小小的深凹疤痕。它是终生难以磨灭的标记，不经意间常常萦绕心头，令人难忘。

三、进私塾学馆启蒙

许昌县的教育十分落后，自清朝末年废科举、兴学堂后，仅在县城内开办了为数很少的中、小学堂，四方乡村都缺少孩子们读书的场所。直到1930年以后，一些规模较大的乡村才陆续建有私塾学馆，沿用封建时代的办学形式收徒育人。我住的俭德村也是在这一年出现了唯一的一个私塾学馆。

这个私塾学馆设立在村庄中部十字路口一座土地庙里。每年元宵节后开馆讲书，农历腊月初八解馆放假，中间没有假期，每天也没有课间休息。日复一日，年年如此。

我9岁时，随哥哥一起被父亲送进这个新开的私塾学馆，开始启蒙，接受中国传统文化教育。当时共有十多个10岁左右的学生，塾师是一位50多岁的张老师，名字不记得了。

张老师态度严肃，笑容很少，督课甚严。他使用一个长条形的木板，名曰戒尺，作为教刑。对于没有完成读书或习字功课者，就用戒尺打手心或者罚跪作为惩罚。学习课程是识字、念书、背书和练习写大小字。习字是每天上午的必修课，其程序是磨墨、描仿、写字、老师排仿。读的书是传统启蒙读物，《三字经》是学童入学必读的第一本书，后续以《百家姓》《千字文》《幼学琼林》和“四书”“五经”作为教材。教学方式是灌输式，要求反复诵读、硬背，不求甚解。我通过近三年时间的发蒙入学教育，在严格的督导管教下接受学问，可以说是初步奠定了对汉字和汉语的基础知识。

塾师规定每天要用毛笔写两张红格的小楷和一张大楷。在练习写字时，要求必须脊梁竖直端坐，两脚平稳踏放在地上，两臂自然伸开，右手执笔，左手按纸，成均衡之势。描写和临摹汉魏碑贴，要求专心认真，并要一遍又一遍地练习。在老师的严格指导下，我经过反反复复地临池习书，又反反复复地认真琢磨，自己越到后来越发现这里面很有奥妙，每次临摹都会有点新的体会，慢慢地就爱上了写毛笔字。中国书法确实博大精深，奥妙无穷。至于习书之道，没有捷径可走，多写才是其根本。只有反复地书写和琢磨，勤学苦练，才能破门入室。近代书圣于右任说过：“书无他法，多写便佳。”我后来对书法艺术孜孜不倦，临池不辍，长期潜心翰墨，每日凌晨就起身伏案挥毫习书，闲暇之时也手握毛笔写写画画；无毛笔时，用手指在身穿的衣服上胡写乱划，与笔墨朝夕不离，真是心系翰墨，日课不断，渐知书学门津。如此积日累月，坚持不懈，练就了一手颇为不差且娟秀端凝的毛笔小楷。我能取得这点成就，与幼年时坚实的“童子功”所奠定的基础大有关系。

当时，社会上没有出现钢笔、圆珠笔等写字工具，毛笔是无论做什么事情，都要使用的唯一通用的书写工具。毛笔字确是中华民族的文化瑰宝，是我国特有的艺术形式。它既能修身养性，陶冶文心，又是一种修养，更是一种修行。它常常被视为人们的“脸面”，至为重要。我的书法广涉隶、楷、行、草各体，尤以楷书和行书为主。其中经过勤学苦练而写出的颇为端凝的小楷，清纯精美，严谨不苟，少有瑕疵，使自己后来同人们打交道和谋求糊口生计时，都从中获益匪浅。在抗日战争时期，我在多年的流亡学生生活中，为着谋生所从事的半工半读抄写工作，以及两次投考糊口的小职员，都得益于我的一手毛笔字，而能够如愿地获得成功。不仅如此，写字和读书从此成为我的生活爱好，长期坚持不懈，伴我终生。

还有一件值得特别提到的是，在学童初开和三年攻读私塾的同时，父亲遇闲暇经常在家中给我们哥弟三人讲历史故事。他对一些历史人物非常熟谙，随口道来，娓娓动听，令我们非常欢快。他还教给我们一些历史、算术方面的新教科书知识。我最感兴趣的是历史小故事，对其充满了好奇，慢慢地就喜爱上了历史书籍，宋朝岳飞、文天祥的浩然正气，犹如一面镜子，常常吸引着我产生一些遐想，不时思考着怎样才能以历史上的英雄人物作为榜样的问题，并且成了后来我选择从事研究历史专业的主要缘由之一。

四、震惊幼小心灵的匪患

历朝历代，匪患总是发生在民不聊生、社会动荡之际。我幼年时期，恰恰就处在这样的世道之中。在我出生的 1921 年前后，北洋军阀直、皖、奉三派和各地方大小军阀相互争夺，厮杀混战，连年不断，兵连祸结，社会动荡，加上匪患频频，抢掠烧杀，造成很多地方的人民生活在水深火热中。我的家乡许昌县就是其中最为严重的县份之一。

首先，是北洋军阀之间的厮杀混战。1922 年爆发了直奉第一次战争，1927 年又爆发了直奉第二次战争。当直系吴佩孚战败后，其散兵游勇到处流窜，结帮聚众，各不相让，抢杀争夺，河南开始大乱，许昌县成了重灾区。到 1930 年，又爆发了中国近代史上最大规模的新军阀蒋介石、冯玉祥、阎锡山之间的中原大战，主要战场依然是许昌县一带，战线东西长达几十里，遍及城乡各地。冯军败退后，散兵流窜四乡，动乱进一步升级，造成社会动荡不安，民不聊生，生灵涂炭，死尸遍野，惨不忍睹。

其次，是土匪群起，到处制造骚乱。在许昌往西的临汝（今汝州）、宝丰、鲁山一带，是群山丛集之区，山险林密，又有水患，人民生活艰苦且性格强悍，敢于挺身走险。他们迫于生计，集群结伙，干上了土匪的勾当（人们称之为“刀客”或“荡将”），在兵荒马乱中乘机抢掠财物、放火杀人。并且，兵匪结合，似兵似匪，无处不有，活动频繁，使一般善良民众生命财产失去保障，时时处于恐惧不安之中。

我懂事不久，就听说了家乡一带周边土匪头领樊老二（樊钟秀）、崔老五、老洋人（张庆）等的名字，也从父母和叔伯等大人们所讲述的事件中，了解那些土匪们干出的种种骇人听闻的坏事，还曾亲身受到过两次震惊心灵的匪患遭遇。每当忆及童年的桩桩惊心动魄、刻骨铭心的往事，迄今仍然心有余悸。

一次是我 5 岁（1926 年）时候的 2 月份，陈曹乡的几股土匪因抢劫财物时，遭到与我家乡临近的闫寨店村民的抵抗，遂纠集宝丰、鲁山等地土匪数千人进行报复。他们打破闫寨店村的寨门后，大行烧杀抢掠。据《许昌县志》记载，共杀死 1500 多人，杀绝者有 61 户，火烧全村近千间房屋，幸存仅剩 40 多间，烧掠几尽。我母亲的娘家就在闫寨店村南部，十几间房屋及全部家产均化为灰烬，我的外祖父和大舅也惨遭杀害。外祖母带着剩下的家人悲惨地逃到我家避难。当时，母亲面对突然降临的父兄惨死和匪患遭遇，悲痛欲绝，伤心地哭泣了好多天。

另一次匪患，发生在1930年，我刚9岁的时候。在一个深秋的傍晚，突然有一股20多人的匪徒，明火执仗地包围了我们家。他们执枪握刀，凶神恶煞地蹿进所有房间，翻箱倒柜，抢掠烧杀，劫走了能找到的钱财，拉走了骡马牲畜，还丧尽天良地把我年近70岁的祖母狠狠毒打后，用火烧死，悲惨至极！

遭此次匪患的洗劫之后，我原本颇为殷实的家庭开始日渐衰落。

第二章　许昌县城读书

一、开阔视野

已不记得具体时间了，我的父亲在许昌县政府财政科谋得了一个职员差事。在我12岁那年夏天，父亲用一辆两头牛并驾的木制四轮运输庄稼的大车（俗称“双驾辕”），在车厢铺了一张席子，装上全部要用的家当，载上妈妈和三个孩子，开始了搬家到县城去的路程。从早晨出发，在崎岖泥泞的道路上颠簸，走走停停，哥哥和我还得不时下车步行，以便减轻牛车的重量。真是名副其实的牛步，经过将近一整天的“长途”跋涉，天近傍晚时总算到达目的地——县城内租赁的机坊街的新家。后来，又迁到清虚街居住。从此，我开始了在县城里读书的生活。

经过两天休整后，父亲带着我们哥弟三人去逛街。从一个耳目闭塞的穷乡僻壤，第一次出远门来到县城，感到非常兴奋。新家向南仅一条胡同之隔，是署前街，再向南就是县城中最繁华的南大街。在这条大街的两侧，商铺林立，目不暇接，充满了诱惑。满街上衣、食、用的杂货纷呈，商贾云集；街上的平推车、黄包车、马拉车、小货车川流不息，他们冲着行人吆喝“闪避、闪避”。真是车水马龙，人声鼎沸，熙熙攘攘，热闹非凡。其辉煌的盛景，是我做梦也想不到的。街上的房屋多为两层，个别的砖瓦楼房甚至高到三四层，是我第一次见到高楼大厦。特别是在街中间部位有一间商务印书馆分店，各类图书堆满全屋的书架，里边的通俗小人书、图画书，使我特感兴趣，边翻边看，十分喜爱，尤其迷恋历史故事类书籍。此后，在读小学、中学时的星期天，或其他休假日，我经常跑到这家书店翻看自己喜爱的图书，遇着中意的，就买上一两本，那里是我少年时留下深刻生命印迹的地方。

此外，我们还游览了许昌县的曹魏文化遗址和历史名胜遗迹，有春秋楼、相国寺、灞陵桥、关帝庙等处，真是大开眼界，确实大饱了一个长期生活在偏僻小乡村且没有见过世面的孩子的眼福。

二、进县立第一小学

城市新学堂的教育，与乡村私塾学馆有很大的差别。为了缩短这种差距，父亲特别聘请了一位老师给我和哥哥补课。当时正值暑期长假，有两个多月时间，老师在算术、自然常识等课程上进行讲授，使我增加了一些新知识，得以稍微缩短了与新学堂在知识结构和知识范围方面的差距。

暑假过后，新学年开始。经过报名、口试，我作为一个 12 岁的农村孩子才正式接触现代教育，进入位于县城西南隅大王庙旧址里的县立第一小学校，由于年龄已大，就直接上五年级读书。我的哥哥比我年长四岁，他考进了许昌一所中学读书。我的弟弟年幼，不喜欢读书，成绩不佳，到许昌县城后，又没有考上学校，以后就长期在农村务农。

县立一小是一所很正规的、颇有名气的小学，有新建不久的教室、办公室和教员宿舍，还有一个面积很大的运动场。这对于我这个从农村来的孩子来说，顿时有耳目一新的感觉，十分高兴。校长高浩亭是河南省立百泉乡村师范学校毕业的，他带了五个他母校毕业的学生到一小当教员。他们都素质较高，教导有方，是具有优秀教学水平的教师。在他们的带领下，学校办得很有生气。

在我小学阶段学习生活的记忆里，印象最深刻的老师是王兆瑞。他有30多岁，中等个子，身材精干，为人忠厚，平易近人，总是面带微笑，可亲可敬！他知识渊博，讲国文课深入浅出，循循善诱，讲解明晰，长于表达，使学生听得入神，记得牢靠。他思想进步，酷爱新文学，常在开封的《河南民国日报》、许昌的《农商日报》上发表一些诗歌和文章，对进步的文字理论很感兴趣。他也常在课堂上对我们这些小学生用通俗易懂的语言进行讲解和宣传。从五年级直到毕业的两年中，他都担任我们班的班主任。通过他的教导启发，言传身教，使我在正长知识的年龄段获益良多，至今难以忘却。现在回想起来，他的音容笑貌在我的记忆中仍旧清晰如初。

有一次，王老师布置学生自拟题目写一篇作文。我经过思考写了一篇题为“高凹斗遇魔”的几百字的作文故事，讲述一个叫高凹斗的青年人，在生活中遇到了奇奇怪怪的各种魔鬼，经过奋力拼斗，克服种种困难，经过多个回合的战斗，最终取得了胜利，过上了太平日子。文章寓意是立志做一个有用的人，只要刻苦勤奋，终会战胜各种困难。

王老师批阅时，认为我这篇不成熟的作品，文字叙述得好，文章立意也比较高，大为赞赏。能得到他的高度评价，这对我是一个极大的鼓励。他还将其当作范文，要全班三十多个同学传看和学习。说实在的，这篇作文的措辞并不是多么高妙，立意也不是多么深远，它只是一篇难脱稚嫩的小文章。说它好，我想主要是此文主旨积极向上。但实际上，它的视角不高，并没有能够联系到更大的社会问题。这件事情对我以后的学术道路产生了非常重要的影响，成为我从事学术研究的最初契机。此后，王老师还不断为我解疑释惑，帮助我提高认识和写作能力，对我倾注心力地培养、支持和关怀。

通过这件事，我对学习文学的兴趣极大地提高了。我经常读点有关文学的书籍和文章，不间断地跑到南大街书店翻看文史方面的图书，并参加了同班同学孔令栋等人发起的学习写文章的“孤舟”文艺社，和小伙伴们共同阅读鲁迅、茅盾等名家的作品，研讨练习写作方面的问题。同时，我先后结识了刘田茂（刘沛生）、武玄一等几个好友。他们成了我后来经常联系的挚友。

我在小学期间，是个标准的好学生，循规蹈矩，全天埋头于读老师讲授的课本和认真练写作业，几乎忘掉了玩耍和运动，从而得以弥补年龄大、入学晚的缺陷。进入六年级后，我的各门功课成绩，经常保持在全班前几名，并最终以优良的成绩毕业，顺利地完成了小学阶段的学习。

三、考进河南省立第四初级中学

1935 年 9 月，我参加了中学入学考试，以颇高的成绩，在录取榜上名列第四，顺利地考进了位于许昌县城的省立第四初级中学（后改名为河南省立许昌中学）。

这所学校创办于 1921 年，历史较悠久，在河南省初级中学中的名声颇为显赫。它在组织管理和教学工作上，都卓有成绩，曾连续两年获得全省会考第一名。校长曹续彬（字少华）和教务主任尚全熙（字敬斋），都切实认真负责校务工作，各科师资力量也比较整齐强大，学校呈现出浓浓的读书氛围。

学校实行寄宿制，学生住校读书。我第一次离开家门，搬进学校居住，一切生活都要自理，独立安排。年仅 14 岁的我，所有的衣食住，从来都是父母安排生活，吃喝起居全靠大人。更没有刷过牙，也不知道为什么必须天天刷牙。由于年幼，又不好意思向同学求教，只好照葫芦画瓢，跟着同宿舍同学学习，笨手笨脚，开始颇为忙乱，之后就逐步养成了自立自理的习惯。

整个学校都是平房，我先和四个同班同学住在中院一间宿舍里；到二年级的时候，搬迁到后院新买的三间民宅中，左、右两间厢房各住四人，中间的堂屋通着大门，我与朱兆和两人同住。由于该地距离教室较远，需要走很长的一段路，穿过大操场才能抵达，颇感吃力。

基于学校开设有英语、自然、数学等多门课程，又得到多位老师的启发传教，促使我在大长知识的少年时代，获益良多。每每忆及母校许昌中学，常使我感念不已，那令人眷恋的师生之谊，朝夕切磋的同室友谊，深深地印在我的脑海中。

给我印象最深的有两位老师，其中一位是英语老师林英晨。他讲课条理清晰，并不厌其烦地一遍遍反复教读生词和语句，还不时地用手势表示词意，给我留下了深刻印象。

另一位是教国文的周子凡（又名达夫，中共地下党员）老师，湖北籍，身材不高，有点不修边幅，严肃中带点慈祥，用夹杂有河南腔的湖北话讲课。那时，我们用的国文课本是商务印书馆出版的“复兴国文”，周老师挑选其中文学性强的、内容健康的篇目讲解，那些烦琐干燥的特别是思想反动的都跳过不讲。他用文学理论讲文学作品，讲出文学性，并介绍有关文学知识，关心和指导同学练习文学写作。他提倡读活书、新书、革命书，指点我们分辨真假良莠。他才气洋溢，讲课娓娓动听，诲人不倦，是一位品学兼优的好老师、进步教师，得到了很多同学的信赖和尊重。我从他的教导中受益很多，明晰了力求进步的思想，也增进了自己对文史学科的喜爱，确定了以后钻研文史学科的发展方向。

岁月蹉跎，辗转已经过去80多年，每每忆及许昌中学，良师益友的音容笑貌常常使我感念不已，留给我深深的思念，并将永远存在我的心间。没有母校老师们的谆谆教诲和同学们的友爱帮助，就不会有我和我的子女们后来的成长和发展。

第三章　首次流亡学生的生活

一、颠沛流离的求学路

1931 年九一八事变，揭开了日本帝国主义武装侵华和中国抗战的序幕。1937 年七七事变后，日本发动全面侵华战争，国破山河碎，战争地区的人民陷入水深火热之中。1938 年开始，日军大举南侵，豫北、豫东相继沦陷，黄河以北都沦入敌手，许昌县成了抗日的前线，加上日军飞机到处狂轰滥炸，许昌县遭到严重威胁。环境动荡，战争的硝烟窒息了我们的学业，不能够循序平顺地接受教育。从此，我在战争的炮火中开始了艰苦求学的生活。

就在我刚开始读初中三年级的时候，1938 年秋，许昌中学为了安全起见，决定向后方搬迁。初次迁往距许昌县 90 里的舞阳县北舞渡镇，在当地一所小学里待了几个月。刚刚停住脚步，就又决定再次西迁豫西的群山之中，并宣布师生要在南阳集合后，集体一起前往新校址。此时，我只是一个不满 18 岁的少年，眼里噙满了对故土眷恋的泪花，开始走上了一条长达八年的痛苦酸辛地肩负行囊、离乡背井、到处流浪的坎坷难行的流亡求学路。

当时，我心里想着先回趟家，与已近半百的父母辞行，告之我的去处，让他们放心，再赴行程。但当我背上被子和书籍等物品，从北舞渡镇返抵许昌县，走回清虚街的家中时，却只见人去屋空，父母和弟弟早已搬回老家俭德村。鉴于局势动荡，兵荒马乱，人心惶惶，世道不安，我已来不及再赶回俭德村，只好匆匆准备奔向南阳，寻找学校谋求安身之所。

南阳距许昌 390 里，坐木炭汽车[1]当天可到，而当时汽车票价昂贵，且一票难求。在我考虑如何前去时，碰巧在杂乱的街上有人高喊着只要两元钱出售一辆颇新的自行车。当时，我手里仅有三元多钱，那是几个月前学校西迁时，家中所给的交学校伙食费用的结余，也是我今后的生活费。经过再三考虑，我认为自己虽不会骑自行车，但可以用它运载行李，也可以边推边学，总比背着行李要轻松些。最后，我下决心买下了那辆自行车。我把所有行李放在自行车后架，

1　木炭汽车：用木炭燃烧所发动的汽车。

就推着它上路了。一路上既推着走，也试着骑一骑，时常骑几步就被摔下来，又推推，再试着骑，反反复复地艰难行走。第一天行程 90 里，摸黑到达襄县城关一家还未关门的黑乎乎小店。带着一天的疲惫，我顾及不了对小店的恐惧，便投宿了进去，先买了两个馒头果腹，然后和衣挤睡在店里的多人房间里。第二天继续时推时骑，碰碰撞撞，身上摔了不少的伤痕，脚上磨出了厚厚的老茧，还打了几个血泡，但骑车技术有了进步，逐渐摸到了骑车的窍门，基本上能够骑车前行，速度也加快了。就这样，我推骑着走了 140 里。第三天就比较顺利地骑着走完了剩下的 160 里，艰苦地到达了南阳县城。

许昌中学师生在南阳一所小学里集中，学生集体睡在小学教室的地上，生活异常艰苦。时值 1939 年春夏之交，学校为减轻负担，宣布初中三年级学生提前毕业，自谋出路。这不啻是雪上加霜，一个 18 岁的少年，漂泊在异乡，又在烽烟弥漫的战争时期，人生地不熟，上天既无路，入地求救也无门，不知出路何在？个人的前途又在哪里？面对重重矛盾，我完全陷入迷乱之中。

在我面前，第一次出现人生的十字路口，是返回老家俭德村困顿乡间，还是出外冒险以求发展呢？

当时，中华民族经历的苦难，最终成了我立志读书、力求上进，成为我选择道路的关键。我认为只有继续求学，有了本领，才能报效祖国。执着求学这一念头成了最好的选择，驱使我决心要继续读书，想方设法克服困难，走报考学校这条路。

为了有个住处安身，我在南阳开设的战区流亡学生招待处住下，每天吃杠子馍、喝开水，艰苦度日，专心努力补习功课，准备升学考试。当时，我报考了两所学校：一所是迁居内乡县夏馆镇的河南省立开封高级中学，另一所是迁居淅川县滔河镇的河南省立百泉乡村师范学校。经过考试，我虽被两校都录取，但由于师范学校不但不收学费，还有补贴，供给膳宿，孑身孤苦的小少年，举目无亲，告贷无门，就只能选取读师范学校的这条路了。

我到达南阳后不久，自行车就不翼而飞，被人偷走了。南阳距淅川300多里，只能背着行李，冒着寒风，步行前去。沿途艰辛，吃住也没有着落，经常饿饭忍渴，吃尽苦头。有一次找不到住处，我就睡在田间凉棚里，既寒冷害怕，又提心吊胆。真是什么困难都遭遇过，各种力气活，比如帮人搬家、打短工等，全都干过。历时七天，走过崎岖泥泞的道路，终于到达了百泉乡村师范学校的所在地淅川县滔河镇。

百泉乡村师范学校在河南省算是一所名牌学校，在中学教育界很有声望。学校搬迁到淅川山区滔河镇的一座破旧的大王庙里。这座庙紧邻河宽五丈的滔河，该河蜿蜒十几里水路，注入滚滚西去的丹江。这个地方风景秀丽，环境安静，但是居民很贫困，生活十分艰辛。从滔河镇西行数十里，就是地跨河南、山西、陕西三省的旅游胜地紫荆关。百泉乡村师范学校把古庙改作学校，神堂作为教室，物质生活十分贫困。学生都住在庙内侧殿中，二十多人挤在一起，用麦秸打了地铺睡觉，条件异常艰苦。除开水外，每餐有萝卜、干菜一小盆，每人两个馒头，偶有肉食，美其名曰“打牙祭”。上课没有课本，老师根据自编的教材讲授，学生用铅笔在笔记本上记录功课。孰料祸不单行，我们在如此艰苦困顿的条件下，刚刚读了几个月，学校突然宣布要再次搬迁到200里外的汝南县南湖区，要求学生分别自行前往汝南县新校址上课。

而当我们背着行李，艰难地走到汝南县南湖区新校址时，却又意外地被告知：我们这一班学生，全都被转交给在镇平县的开封高级师范学校了。真是屋漏偏逢连阴雨，难上加难。无可奈何，我们只好再次背上行李，重新艰难地步行了200多里，狼狈地赶到镇平县的开封高级师范学校去报到。

二、在石佛寺开封师范的日子

1939 至 1941 年，在河南省立开封师范学校

1938 年暮春，我走进了为逃避日本侵略、从开封搬迁到镇平县石佛寺小镇的河南省立开封高级师范学校。校址原是当地的一所初级中学，教室、操场等都是现成的，条件还算可以。

我们班是从百泉乡村师范学校归并的春季班，依然过着十分艰苦的生活，衣、食、住均极为简陋。三年间，无论寒暑，都只有一床粗布棉被，几乎整天穿着草鞋，经常以玉米、白薯和粗糙米或杂粮为主食，外加稍许粗菜素食充饥，不时肚内空空，有时饿得饥肠辘辘。但是，坎坷逆境的磨砺，会更加激励人们自强不息。

当时，日本帝国主义侵略造成的国难，以及个人争强好胜的上进心，使我在学习上十分勤奋，驱使自己刻苦努力，坚持在课堂中如饥似渴地吸取知识营养，并且夜以继日地伏案读书，孜孜不倦地刻苦探索学问，期望着能够学好本领，将来可以有所作为，报效祖国。坎坷逆境的磨砺，会更激励人们自强不息。辛勤耕耘带来的自然是丰硕的收获。

最终，我在开封高级师范学校得以优异的成绩，被学校列为优等生而毕业了。

在颇多教师对我的谆谆教导中，印象最深的是武慕姚老师。他 40 多岁，高个子，国学根基深厚，讲解文史学科的课文清楚透彻，很能吸引学生。他还有一手很好的毛笔字，所以备受学生欢迎。我从他的教诲中学到了不少知识，并加深了我对文史学科的喜爱和钻研。

近三年的学习，基于认真读书，我获益至多。而在生活上，对我成长影响亦很大，迄今依然印象深刻的有三件事情。

其一，校长王春元倡导用冷水洗脸。他对学生的讲话中，多次强调要用冷水洗脸，认为它既可增强面部的抵抗力，促使身体强壮，又能把脸洗白，使人更加漂亮，好处很多。学生们便跟着依照学习，逐渐就养成了习惯。直至今天，我仍旧继续保持着用冷水洗脸的习惯。

其二，为适应抗日战争的需要，全国高中、高师学校的学生，停止一切田径、球类活动，实行战时军事教育和军事化管理，规定要接受军事训练，做走上战场抗击日本侵略的准备。当时，分为大队、中队、小队编制，由各地军管区直接向学校派遣军事教官，每周设有三节军训课，每天下午四点至五点进行军事训练。在课堂上讲授《步兵操典》，课外以大队、中队、小队为单位，学习军队里的基本动作——列队、走慢步、持枪、枪上肩，再逐步学队形变换、卧倒匍匐前进、跨越障碍物等诸项动作。目的在于训练中学生们不畏劳苦，精神奋发，增强组织性和纪律性，从而也绝少出现迟到或缺席的情况。另外，还要求学生像军人一样整理内务，必须衣着、被褥整齐干净，人人都应精神抖擞和饱满。经过两年多的军训，我逐步养成了穿戴整齐、内务干净等诸多良好的生活习惯，并贯穿于一生。

其三，1940 年夏季，我突然身患一场不知名却险些丢掉性命的重病。迷迷糊糊地卧床多日，不省人事，大小便均不能自理，医药无效，已到医生乏术之境。大夫告诉学校，我已经无法救治，只等着停止呼吸了。其时，幸赖同学张林翰等人跑前忙后，悉心全力护理。在他们的细心照料之下，又承蒙上苍庇佑，我吃过最后一剂汤药后，奇迹般地慢慢苏醒过来了。全赖同学们的热心帮助和昼夜扶持，救了我一命。高恩厚德，使我终生铭感。他们救助和照料我的情景，至今还经常在我眼前浮现，难能忘却。

三、动荡流离的两年

个人的命运，永远随着历史的洪流起偃沉浮，在当时抗日战争的战乱动荡年代，表现得尤为明显。1938年，黄河花园口决堤，抗战暂时转入隔河相持阶段，战争稍缓，许昌县随之也处于暂时的平静。

1941年冬，我读完了开封师范的三年课程。本来一心想继续升学读书，但是国民政府规定师范学校毕业生不能直接升正规的大学，必须从事五年教育工作后，方能报考师范大学。想要继续读书，仅有当教师这一条路可走，毫无其他办法。无可奈何，只好暂时决定去从事教师职业，找个吃饭的地方。

当时，碰巧开封师范毕业的校友宋秉衡（子钧）在许昌县民众教育馆任馆长，他邀请我到那里担任教务主任的工作。这样，我总算有了一个安身之处。

民众教育馆（简称民教馆），是由许昌县政府推动建立、面向基层社会的新兴社会教育组织，是实施社会教育的“中心机关”。它既是官办机构，也兼具一定的民间色彩，主要工作是对失学民众施以讲课、辅导的补助教育，办有墙报、图书馆，没有多少事情可做。我在那里干了不足半年时间，终日几乎无所事事。此时，又是百泉师范校友、时任县政府教育科长高树林的关照，把我调往许昌县西乡灵沟镇中心小学担任校长的职务。

这所农村的六年一贯制小学，校舍和设备较好。为了充实师资力量，我把许昌籍的开封师范毕业的同乡兼校友崔连昇、常树青两人邀来，充当教务和训导主任，力争把学校办好。实际上，这也确实提高了教学质量，在近一年的工作中，学校有了明显好转。我自己除做好本职工作外，依然读书不倦，遇闲暇就补习国文，阅读参考书籍，以求充实和提高。

但是，当时天灾人祸不断，时局动荡，人心惶惶，学校也被迫停课了，迫使我又一次中止了我的小学教学生涯，再一次走上了流浪漂泊的艰辛道路。

1942 年前后，河南全省发生了民国史上最严重的自然灾害，其范围之广、时间之长、危害之重，为中国近代史上所罕见。其中，河南许昌是重灾县份之一。前后三年时间里，先是蝗虫为害，遮天蔽日，食草木，吞稼禾，食尽秋禾，以致颗粒无收，饥荒加剧；继而天气干旱，数月无雨，秋粮无着，造成人民饥寒交迫，死亡枕藉，引发社会大动乱，满街

1943 年，报考大学时的证件照

都是要饭的；再加上疾病流行，死人无数，各地猪狗鸡猫等家畜家禽几乎绝迹，很多人生活困顿，不是饿死，就是逃亡求生。在死绝的人家中，墙倒屋塌，萧条冷落。在如此惨重情况下，不仅学生绝迹，教师也纷纷出走逃生。我被迫无奈，也只好再次背上行李，另谋出路。

当时，我哥哥也是经过长时间的漂泊流浪，坚持上学读书，他从河南省立淮阳高级师范学校毕业后，到洛阳县的河南省农工银行任职员。我只有投奔他那里去，再想别的办法。经过两天的步行跋涉，到达了洛阳，暂住在哥哥家中。

我长时间在心里一直有着升学继续读书的愿望，一心要投考高等学校，以圆自己的大学梦。但是，我从开封师范毕业后，仅有不足两年的工作经历，没有报考大学的资格。在借住哥哥家的这段时间里，经过千思万虑，想尽办法，广找窍门，在均走不通的情况下，我最后被迫采取偷梁换柱的办法，借用哥哥淮阳师范毕业、已具有五年工作经历的证书，并把证书上的年龄改小了四岁，得以通过西北师范学院史地系的报考审核，并顺利地参加了考试。

与此同时，为谋得一个暂时糊口的生活住处，我还报考了在洛阳招募职员的国民政府财政部花纱布管制局。被该处录取后，经过一个月的培训，我掌握了棉花的鉴别、分类等初步常识，就被分派到禹县办事处担任业务员的工作。

第四章　再次流亡学生的生活

一、打工谋生逃难路

花纱布管制局，是国民政府财政部下属的、统制国统区棉花、棉纱、棉布收购运销的管理机构，成立于 1943 年，其前身属于农本局。农本局是国民政府控制粮、棉、纱、布产销而设置的机构，成立于 1936 年，隶属实业部，通过发放农业贷款控制粮食、棉花

1943 年，在河南禹县花纱布管制局办事处与同事宁鹏图

的产销。1938 年，农本局改属经济部，其下属的福生庄管理棉花、棉纱、棉布。1940 年，农本局的粮食业务划归全国粮食管理局。1942 年，农本局改属经济部新设的物资局。1942 年底，农本局随物资局一并撤销，棉花、棉纱、棉布收购运销业务就改由财政部所属花纱布管制局接管，直至新中国成立。

河南省花纱布管制局主要从事当地棉花、棉纱、棉布的统一收购、储备和使用。由于禹县、郏县一带盛产棉花，在禹县设立了办事处。该处共有十多个人，分管有关各项业务。我的工作是收购棉花，我是该处从事棉花收购的三个办事员之一。当时的工作流程是，所有的棉花先经有关商店收购后，再交给花纱布管制局。我们的工作只是经手走手续而已，平时没有多少事做，所以比较轻松。我在闲余时间就借机看书增加知识，期盼着大学录取的消息。

限于当时交通不畅、信息闭塞，我对被西北师范学院录取的消息，一点都不知道。幸赖在该校读书的、我的哥哥在淮阳师范学校的校友赵书田，在学院新生录取通知书上看到了我的哥哥名字，但他一直未见我的哥哥到学校来上学，于是在新生报到将要到期的时候，他替我的哥哥办理了推迟一年入学的申请，随即又把这一情况写信告诉了我的哥哥。当哥哥转告我这一消息后，我非常高兴，决定继续读书，并决定于第二年北上求学，继续我梦寐以求的上大学和读书之路。

1943 年夏，日军为了打通平汉铁路，又发动了向豫中侵略的战争，许昌、禹县等地相继沦陷。我亲历了敌机紧追不舍的轰炸，痛惜死难的同胞和被毁的家园，当时花纱布管制局禹县办事处被迫撤到禹县西部丛山之中，旋即宣布解散，员工自找出路。从此，我再次走向了流亡的逃难路。

我和同事、好友曹仲卿（后改名曹珂）一起，背上行李选择农村小道行走，准备先到我的老家俭德村暂时躲避。当我们刚刚步入许昌县境时，就遭遇强盗打劫。我们所经过之地，处于真空地带，土匪、强盗横行，当时就在我们前面突然出现了两个彪形大汉，他们捆住我们的手脚，声称丢失了一些钱财，怒吼责问拣到了没有，并蛮横地检查了我们的行李，还搜了身，把我们所有的钱财都抢走了。我们两个年轻人，体力均不如成年人强壮，只好任他们宰割。本来，我这几个月工作积存了少量钱，一心想回家孝敬父母的心愿，立刻化为了泡影，深感悲痛不已！我为此心情沉重，难受了多天。

我们在俭德村住了十多天，曹仲卿是叶县人，

1947 年，与挚友曹珂（在北京大学读书，是中共地下党员）、刘国原（右一）在中山公园游玩

他要先回老家一趟再作打算。后来，他从叶县奔赴西南，考进了内迁的西南联合大学，我决定要长途跋涉奔赴兰州，到从西北联大分出的西北师范学院读书，我们便分途而行了。

1943 年 10 月间，我背上必备的行李，想方设法，越过敌人封锁线，避开日军的炮火，冒着危险，选择僻静无人的小路逃出被日军占领的许昌，再次走上流亡求学的旅程。中华民族经历的苦难，让我坚定了要读书救国和改变国家现状的决心。

许昌距离远在兰州的西北师范学院，有1000多公里之路，中经河南、陕西、甘肃三省，沿途道路崎岖，要翻越秦岭，交通十分困难。洛阳至西安虽有陇海铁路，但由于疏散内迁的人太多，一票难求，我只能选择身背行李碰碰撞撞、艰难顿挫的步行，或间乘货运汽车艰苦前进，饱受饥寒之苦。到达西安后，我先暂住在当地战区流亡学生招待处安身。

后来，经该接待处介绍，到当地一个殷实家庭做家庭教师，辅导一个六岁、一个十岁的小孩读书。东家除供给食宿外，每月还给几元报酬，总算暂时有个安身之处。我一面教书，一面自己继续努力读书，力争能够多增加些知识，充实自己。

由于临近西北师范学院开学的日期，我在这户人家总共待了两个多月，便辞去家庭教师工作，再次踏上西北求学之路。一路上，背着行李，继续艰难西行。整个行程中，基本上都是背负行李徒步跋涉，其中仅有过一次是花钱乘坐短途顺路的送货汽车。沿途翻山越岭，横穿山丘，爬秦岭，越高山，蜿蜒曲折，风餐露宿，千里跋涉，凶险难料，苦不堪言。经过十多天时间，1944年8月，总算到达了目的地——地势高峻之大西北、地处边塞的甘肃兰州十里店村。

二、在十里店西北师范学院的两年

1937年7月，平津相继沦陷。8月19日，国民政府在南京举行会议，讨论华北高校内迁事宜。9月10日，国民政府教育部发布第16696号令："以北京大学、清华大学、南开大学和中央研究院的师资设备为基干，成立长沙临时大学；以北平大学、北平师范大学、北洋工学院和北平研究院等院校为基干，设立西安临时大学。"为保存中华文化血脉，平津地区文教机构纷纷内迁。

1938年4月，国民政府教育部又命令，从长沙迁到昆明的长沙临时大学改名为国立西南联合大学（简称西南联大），从西安南迁汉中的西安临时大学改名为国立西北联合大学（简称西北联大[1]）。

作为同一天诞生的联合大学，西南联大持续了八年，几乎与全面抗战相始终；而西北联大从1938年4月组建到1938年7月、1939年8月先后两次分立，

1 详见张在军：《西北联大》，北京：金城出版社，2017年。

仅仅存在了不到一年半的时间。

1939 年 8 月 8 日，国民政府行政院决定改国立西北联合大学为国立西北大学。同时，将西北联大师范学院、医学院各自独立设置，分别改称国立西北师范学院（西迁到了兰州十里店）、国立西北医学院。从此，西北联大进入五校分立时期。

我一走进西北师范学院后，恰逢众多同学参加了青年军即将离校。当时，由于日军由湖南长驱直入，经广西到达贵州边境，重庆震动。为应付当时的局势，蒋介石提出颇具号召作用的“一寸河山一寸血，十万青年十万军”的口号，号召青年从军，还提出各种优待条件，鼓舞知识青年从军。我的同乡同学中，有郅士昭等十多个热血青年报名从军，正整装待发。当时，欢送从军的场面十分热烈，令人羡慕和感动。我由于入学晚而失去了从军的机会。后来，我才慢慢明白，青年军乃是国民政府在抗战后期所建立的一支政治性很强的武装力量。

西北师范学院的新校址，位于兰州市西部一个名叫十里店的穷乡僻壤小乡村。它紧靠黄河北岸，在一片杂草丛生的荒地上。学院在那里建造了一些土墙瓦房的教室和一个编篱糊泥的礼堂与操场，还有十多排土坯茅草的平房作为简陋宿舍，是名副其实地平地起家。学校建筑设备均很简陋，生活亦十分艰苦。

1945 年 9 月，在西北师范学院

由于我使用了哥哥的师范毕业证明参加的入学考试，我到学校报到注册之后，就只能将错就错，开始用哥哥的名字尚铭轩。直到新中国成立后，进入中国人民大学研究班学习时，为了避开与哥哥同名，我把“铭”改为了“明”。这个名字就一直用到了改革开放后实行身份证开始时，公安机关规定此后不能再随便改动名字。就这样，我以“尚明轩”的名字使用至今。

十里店这个大西北的穷乡僻壤小村庄，地处黄土高原，山岳盘行，地势高峻，属大陆性气候，冬季漫天冰雪，屋中墙壁结了冰，奇寒冻人，并且很多朔风挟大西北沙石而来，灰尘弥漫，阴霾蔽天。到夏季时则雨量稀少，气候干热。十里店在黄河岸边，湍急的黄泥河水，浪涛滚滚，特别是在夜深人静时，听“呼呼”的黄河流水声，竟吓得我整夜难以入眠。当时兰州没有自来水，居民用水均取自黄河。每日清晨，拖着水车到河中取水的人络绎于途。河水浑浊，经用明矾澄清后则清洁甘甜，较自来水更为可口。每当夕阳西下，漫步河畔，河边无数巨大的水车，昼夜不停地汲取黄河水灌溉农田，使荒地变成良田沃土。我对水车有很大的兴趣，认为它的精造巧妙喜人，水声十分好听。该地交通困难，人口稀少。正是由于天时地利俱差，在这里生活艰苦，尤甚于在开封高级师范的镇平石佛寺。全校学生都饮牛马驮运的黄河水，睡冰冻的集体宿舍，每间宿舍能住 40 人左右，房屋里用木头搭建了上、下两层的大通铺，每层睡 20 人。冬季，屋中仅生一个火盆，在偌大的房间中，根本起不到保暖的作用；到了夏天，房间里人多又很闷热，非常不利于夜晚休息。我经常失眠，造成身体虚弱，精神不振。

我读大学的两年生活中，基本上都是睡在学校集体大通铺上，只有在西北师范学院学习的最后一段时期，居住条件才有所改善。那是大约在 1945 年下半年发生的事情。当时，我的好朋友、同校英文系同学刘国原（他是我的中学校友、大学同学兼许昌小同乡），有一个哥哥在当地的国民党军队辎重连当连长，通过他的哥哥介绍，一个在十里店关卡当宪兵排长的许昌同乡，帮助我们在学校附近租到了一间小民房。我和刘国原就搬到那间民房里住了几个月，由于环境得到了改善，这时的学习和生活质量相比原来住在学院宿舍里好了很多，使我能够顺利地度过在西北师范学院的最后一段学习生活。

兰州为沙漠地质，种植的庄稼和果蔬产量均较低，质量也不好。但在冬季，有一种名叫“软软梨”的果实，黑黄的薄皮，软甜可口的果汁，非常好吃，是一种罕见的鲜果。每逢商贩在学校附近叫卖，同学们总要想法购买几个，以饱口福。在距学院不远处，还有个桃树园林，每年春季桃花盛开，同学们三五成群，前去欣赏桃花，苦中寻乐，亦甚有趣也。

我就读的专业是历史，当时学院把原来北平师范大学的历史专业和地理专业合并到一起，更名为史地系。每个年级一个班，每班有 20 多个学生，大多数是男生，女生只有 2 到 3 人，全系共有 90 多个学生。学习的课程有教育概论、历史概论、世界历史、中国历史、中国地理等。每天上午有二三节课，下午有一节课。学习条件非常艰苦，白天在简陋的教室上课，夜间就在如豆的煤油灯下学习。学习材料除了课本，就是一些油印讲义，其他图书很少。学院没有图书馆，仅有一个资料室，供师生查阅资料。

西北师范学院除不收学费外，只管吃住，所有学习、生活上必要的费用，全都由学生个人负担。我在那里，既举目无亲，又告贷乏门，便不得不利用寒暑假及课余时间，想方设法做点抄写、打杂等临时工作，谋求挣钱，借以获得些许收入，赖其补助，以便能够继续学习和生活。

记得1945年暑假期间，利用较长的假期，我报考了在兰州的甘宁青邮政管理局的邮政储蓄人员工作岗位。当时，有不少的报考者，竞争激烈，被录取相当困难。在我几近失望之际，招考负责人意外地叫我去面试。他单刀直入地问："这份答卷是你写的吗？"我答："是的。"他命我照样再写一遍。当我写毕给他，他把两卷对照看过后，立即通知我："你被录取了！"我十分高兴，真是老天佑人，我的毛笔字又助了我一臂之力。此后，我在兰州邮政局做了一个短期的投递和有关储蓄的劳务工作，从而得到一点工资报酬，稍微解决了生活上的困境。

我就是在这种半工半读的穷书生的生活中，度过了艰辛困难的两年读书时光。

西北师范学院尽管条件恶劣，但它继承了具有悠远深厚历史的北平师范大学的校风，延续着北平师范大学敦厚诚信学风的传统，以及学人严谨的治学精神和为人师表的高尚情怀，也就是既始终把“培养学生放在第一位”，又坚持“以学术为天下之公器”。在人才培养目标内，包含着通才教育理念，强调培养学生健全体魄、优秀品质、丰富学识和服务精神。重视培养学生，一直是西北师范学院的优良传统。教师布置作业频繁且严格，老师批改起来也非常认真，朱墨显明，连圈点也一丝不苟。同学们觉得国难当头，在这么困难的情形下，还能够读书是非常不容易的，所以都很珍惜机会，学习十分认真。

当时的院长李蒸教授，是北平师范大学的老校长、著名教育家。他具有高深的学术造诣和丰富的教

1946 年 5 月，在兰州（前排五人是曾在河南开封师范教过书的西北师范学院教授，后排右二是我）

育实践，被后人称赞为西北高等教育的“拓荒者”。后来，从十里店到兰州市的一条公路被命名为“李蒸路”，以资证他平易近人、言传身教、待人亲切而真诚，并且以身作则的高尚业绩。李校长几乎认识全院师生。每天早晨，他都是很早便到操场，带领师生进行活动，和大家融洽地打成一片，很受学生们的喜爱和尊重。他始终贯彻“严谨治学，艰苦奋斗”的办学思想，从严治校，把培养学生放在第一位，重视教学质量，造就了学校极其浓厚的学习氛围和环境，以及密切联系社会实际的良好风气。加上学校中不少老师也都是从北平师范大学过来的著名学者，如黎锦熙、袁敦礼、陆懋德、胡国钰等，均为学生所崇拜。他们的教学经验都很丰富，教学育人，卓有成效，很受学生们欢迎。这些前辈学者们的严谨认真的治学精神和为人师表的高尚情怀，薪尽火传，从未间断过。

我这一生感到幸福的事，就是能在这样的大学里，受到众多大家巨擘的亲炙。老师们的人格精神与治学风范，以及教学态度，在潜移默化中得到了有益传递。当时，学生们通过耳闻目染，受到了强烈爱国主义、高度民族气节与正义感的熏陶，从而形成了共济时艰、积极谋求上进和期望学好本领后能够报效国家的优良作风，对学生的成长获益至多。在众多良师们的教导下，促使我随之树立了勤奋学习的志向，不仅在课堂上如饥似渴地吸取知识营养、刻苦钻研学习，而且在课余也埋头读书以充实自己；再加上得到老师们的不断教诲，帮我释疑解惑，提高了我的认识能力，使我的学习很有进展，从而进一步丰富了自己的知识领域，特别是增加了在中国历史方面的知识积累。我认真听取教授们的课程，经常阅读有关历史人物方面的书籍，如饥似渴地汲取书中有益人生的事件和故事，并进一步加深理解，作为自己学习的榜样。

这两年的读书学习，极大提高了我的学识能力，为后来从事科研工作初步奠定了基础。

尽管离开西北师范学院已有几十年之久，然而，西北师范学院浓厚的学术氛围和老师们的谆谆教导，使我至今难忘，并将永远铭记在心，怀念不已。

1945 年 8 月 15 日，中国人民抗日战争取得了胜利，原来后迁的学校逐渐复员，迁回原来的地址。到 1946 年夏，我们接到学院的通知，可以选择复员回到北平，继续在北平师范大学完成学业。当时同学中分为两派，一些同学打算去北平上学，还有一些同学打算在现在的西北师范学院完成学业。那些想留在兰州的同学多数是当地或西北地区的学生，他们推举我为课代表（年级班长），希望我留下来。但是，我已经决定要到学习条件更好的北平去完成剩下的学业。因此，在他们推举我的第二天，我便踏上了回家北上的路程，离开了西北师范学院和生活了两年的兰州十里店村。

回顾我青少年时期的大部分时间，即中学四年、动荡流离二年和大学二年，正是处于中国人民抗日战争中最苦难的八年岁月。尽管那时国难当头，时局动荡、社会荒乱、人世不安，我到处奔波流亡，但对于学业刚毅、执着的追求，却始终坚持不懈。艰难困苦对个人而言，正可铸就卓越的筋骨。历时八年中，我纵横奔波于黄河上下，颠沛流离于豫西南和陕甘大地，用尽全力，想方设法上学读书，并一往情深地埋头苦读，增长知识，提高能力。唯一的期望就是促使自己能够成才，将来成为一个对国家有用的人。

第五章　反对腐朽的蒋家王朝

一、复员进北平师范大学[1]

1945年8月，日本帝国主义对中国的侵略战争，在中国人民英勇顽强的反抗斗争和世界反法西斯战线的共同打击下，终于走向了末日。8月15日，日本政府宣布投降。中国人民与日本侵略者浴血奋战了14年之久，饱尝艰辛与痛苦，终于获得了胜利。

在日军投降的消息传来后，一时举国欢呼，四亿五千万人民一起，欢声雷动，爆竹遍发，响彻云霄！大家憧憬着一个和平、民主的新阶段的来临。

抗战胜利后，北平师范大学理应在北平复校。但是，众多迁移后方的各个部门的复员工作，基于人事干扰和手续繁杂等诸多原因，进展缓慢。西北师范学院师生经过多次请愿和斗争，到1946年初夏，才最

1　原名为国立北京师范大学。

后决定：西北师范学院的现有师生，可以复员赴北平师范大学工作或读书，原西北师范学院则仍留在兰州继续办学。

听到这个消息后，我很快就决定去北平师范大学，继续后两年的学业，并在很短的时间里，就办理了离开西北师范学院的手续，以及告别了在西北师范学院后期改变我学习与生活的那个租住了几个月的小民房。由于离开家乡已经整整八年，没有见到家人，心中很苦，非常想念自己的父母和家庭，就决定先回家看看。于是，我带着简单的行李，在朋友帮助下，搭上一辆顺路的货车，开始了返乡旅程。刘国原因为哥哥在当地部队工作，觉得相互之间可以照顾，就没有离开，选择了留在西北师范学院继续学习。但是，当大批优秀师生离开后，西北师范学院的学习环境和氛围已经大不如从前。因此，一个学期后，他最终还是离开西北师范学院，赶赴北平，进入北平师范大学，完成剩下的学业，直至毕业。

回到许昌后，我在家乡待了一段时间。其中，仅在乡下家里住了几天。为了筹集以后上学的费用，就跑到许昌县城去找工作。当时，许昌的大学生很少，地方中学比较缺教师。工作比较好找，很快就有朋友介绍我去中学教书。我选择在灞陵中学担任高中历史教师。灞陵中学的教学工作，我仅干了两三个月，临近北平师范大学开学时，便辞去了这份工作，着手准备北上继续求学。

当时，人们的封建乡土观念甚重，同乡的关系看得也很重。许昌县及附近其他县在西北师范学院读书的，共有郅士昭、吕景星、齐毅民、张蔚民、吴蔚然、田春阔、呼润民和我等八人。大家在学校时经常联系，互通情况，砥砺学业。当准备返归北平师范大学时，我们便相约聚集在许昌县城，商议一块结伴赴北平之事。当时，我们八人中，有六人系青年军复员军人，他们在抗战末期读大学时，从学校参加了青年军，复员后享有免收车船交通费用等的优待；只有吴蔚然和我是穷学生，负责领队的郅士昭出于好意，借给吴蔚然和我两套青年军的服装，让我们穿上军装混在他们之中，沿途得到了他们的诸多照顾。

1946 年夏末，我跟随大家一起从许昌乘火车到安徽蚌埠，稍做停留后，改乘民船赴上海，再从上海改乘大轮船渡海到天津，最后又乘火车抵达了北平。

这趟走走停停的长途跋涉，历时十五天，我们终于到达北平。北平是我从小到大所接触的第一个百万级人口的大城市，这个当时的现代城市给我的印象非常深刻。我这个从农村走出来的孩子，原先一直生活在农村和县城，而过去十几年的求学之地，也大都是偏僻的村镇。现在来到这个北方大城市，进入国内知名学府，面对眼前的一切，令我产生了很大的震撼。在古都北平的所见所闻，令我耳目一新，进一步扩大了视野，增长了见识，眼界也随之更为开阔了。

当我踏进位于和平门外的北平师范大学巍峨古旧的大门时，感受到古朴的文化气息扑面而来。与此同时，联想起过去八年间艰苦的流亡学生生活，再和今后将要迎来的优越学习条件，以及对美好生活的憧憬相比照，内心抑制不住地涌起一股兴奋、自豪和得意之情，满怀着愉悦，大步地走了进去。

一进学校大门，一座欧式建筑的图书馆就映入眼帘。它外观宏伟，设计优雅，装饰古朴，一直是北平师范大学的标志性建筑，也远胜附近的其他建筑一筹。现在回想起学生时代在北平师范大学的往事，图书馆给我的印象仍然很深刻，这是我十几年求学道路上遇到的第一个真正意义上的图书馆。面对浩瀚的图书和宽阔的阅览室，我当时的兴奋和震撼是难以言表的。此后，我经常在这里认真读书，度过了无数个难忘的日日夜夜。七十多年过去了，学校当时的格局和设置，比如教室、丁字楼、一字楼、南部斋、女生宿舍、大操场和坐落在西北角的大礼堂等，各种建筑的

1947 年，北平师范大学同学游玩中山公园。从左到右（不分前后）分别是张中正、吕景星、田春阔、我、王勋臣、鲁毅、齐呈麟。当年的七君子正处在毕业前夕，风华正茂，如今仅余我一人。

1947 年，北平师范大学在校的部分河南同学在操场活动（转环左上是我）

模样，仍然历历在目，似乎都展现在眼前。

我在这里读书的两年中，一直住在丁字楼二楼，四人一个房间，里面有大书桌和壁柜。真是楼上楼下，电灯电话，同过去流亡学校有天壤之别。接触了很多新东西，使我这个农村来的土娃子，被深深地触动和惊着了。记得我刚到学校时，第一次看见抽水马桶就觉得很新鲜，不知道那后面墙上的瓷罐子（水箱）是干什么用的，当我上完厕所，学着别人拉下后面上方水箱的绳子，听到水流下来“哗啦啦”的响声时，吓得我赶紧跑开了。

我生于河南，长于河南，身体虽然敦实，却有一口浓重的河南口音和腔调，很少言笑，常常仿佛在深思之中，给人一种稳重和严谨的感觉。到北平后，最大的困难就是语言障碍。特别是在大街上找人问路，就因为口音掺杂河南土话，腔调太重，路人都不解我意，不知所云，常常遭到白眼。我印象最深的是，1947年春节，全校师生在北平师范大学对面的附中礼堂举行联欢大会，推举我担任司仪。我没有说上三句话，就因为口音和腔调太重，五音不全，并掺杂着河南土话，遭到观众的群起非议，把我“轰”下了台，我感到十分狼狈和沮丧。此后，我虽力图学习普通话，但乡音难改，一生中都带有河南口音。

在学科设置上，北平师范大学设有国文、英语、历史、地理、数学等13个系，把原来西北师范学院史地系的历史和地理课程分开，各自成系。我选择了历史系，入读三年级。全班共有学生24人，其中男生有18人、女生有6人，女生人数仅占到四分之一。同时，班里学生由西北师范学院复员的同学、原来日伪时期的北京师范大学的同学和经考试入学的新生三部分构成。从全校看，西北师范学院复员的同学有400余人、北京师范大学的同学有200余人、新招生的学生300余人，全校学生大约1100人。由于北平师范大学的学生是由北平、兰州和新招的学生三部分组成，三部分同学之间互不了解，形成不了统一的力量。系与系的同学之间，除个别接触外，大多通过各省的同乡会和各系的系会所召开的联谊会诸活动，来增进不同班级同学之间的交往和了解。

我们历史系的系主任先是陆懋德教授，后继者是李飞生教授。全系师资力量很强，比如张云波、杨人楩、单士元、王桐龄、王静如、邹豹君等，都是国内名闻遐迩的学者。杨人楩是北京大学著名教授，兼职北平师范大学。他学问渊博，口才很好，讲课声调抑扬顿挫，十分悦耳。他所讲授的法国大革命史课程，取材精细，纲目分明，讲解深入详尽，很受学生欢迎。张云波系留日归国学者，风度儒雅，才气洋溢。他讲授的元明史课程，内容清晰，重点突出，又讲解详细，诲人不倦。他深入浅出地论述了明朝宦官乱政的发生、发展过程，以及其对社会的影响，还论证了宦官专权的危害性，指出其是促成明朝灭亡的一个重要因素。还有其他各系的国内知名学者，如黎锦熙、刘盼遂、李长之、叶鼎彝、焦菊隐、梁实秋、黄国璋、李建勋、徐英超、戴爱莲等，共60余人，真是济济多才，群英会集，阵容强大。我先后得到了多位名师的教授和熏陶，增益诸多。特别是在历史系的学习，又引导我走上了毕生从事史学工作的人生道路。

在众多教授中，由于张云波教授是河南沁阳县人，与我是同乡，感到特别亲切。他思想进步、待人亲切热情，被学生们誉为民主教授。我对他非常尊重和喜爱，当学习遇到疑难，或生活上出现了难解的问题时，经常会跑到他位于学校内的家中请教。每次都得到他的耐心指点、引导和栽培，使我获益匪浅。在他的教导下，我极大地增长了在学习和生活诸方面的知识。现在回想起来，张云波教授的音容笑貌还经常浮现在我的脑海中，使我终生永记。

通过张云波教授的教诲，我的学习兴趣一度转向了明史，曾试写过一篇《论晚明的农民起义》的论

1947 年，北平师范大学历史系我们那届全班同学合影
（中间的是张云波教授，二排左二是我）

文，从揭露明末阉党政治的黑暗和统治阶级的腐溃，论述到明末农民起义的发展过程，歌颂了农民领袖李自成及其执行的政策。这是我开始在历史课题上开展锻炼思考、分析和表达能力的第一篇习作。

在学习之余，我和同学们还利用平时的休息时间与节假日，多次游览北平的故宫、天坛、中山公园、颐和园和长城等一些名胜古迹，并参观了一些博物馆。这些阅历增加了我对中国历史的认知和感性认识，同时也加深了我想进一步深入了解中国历史的兴趣，埋下了日后治史问学并从事史学研究的种子。

二、参加学生民主运动

抗日战争胜利后，先是内战阴云密布，全面内战一触即发。中国人民又将陷于水深火热之中，人心惶惶，群情鼎沸。

1946 年 6 月，蒋介石撕毁“双十协定”，悍然发动了全面内战，历史进入了解放战争时期。当时，由于国民党政治腐败，贪污成风，币制改革大贬值，各大中城市通货膨胀，物价飞涨，致使广大公职人员面临失业饥饿、陷于无法生活的境地。正由于社会大动荡，广大人民处于极度贫穷动乱的生活之中，当人民解放军从各个战场向国民党反动派展开大决战的时刻，全国各地的爱国学生眼看着国民党的专制腐败、穷兵黩武，致使经济崩溃、民不聊生，纷纷发起了“反内战、反饥饿”的学生民主运动，并且风起云涌地相互呼应，席卷全国。

在北平这座文化古都，很自然地随即兴起了声势浩大的学生运动。我们这些来自天南地北的爱国学生，先后组建了学生会、歌咏队、读书会等各种社团。进步学生在学校内所出版的壁报种类繁多，内容扼要，形式丰富，雅俗共赏，影响很大。在颇多的壁报中，多以广阔的视野、犀利的笔锋，把世界的见闻、时代的潮流、社会的景象、解放战争的信息展现给广大的同学们，推动了解放战争的宣传和民主救亡运动的蓬勃开展。

参加学生民主运动，是当时进步青年的最好选择。我和当时的大多数爱国青年一样，也积极地投身其中。

1946年11月，我和郅士昭、孟庆慎、吕景星、田春阔、缪苏军、王勋臣、呼润民、曹绍成、张鹏、齐呈麟等十二个忧国忧民的热血青年，一起组织了《生活小报》社团，以壁报为武器，每周出一期，报道学生运动的情况，揭露国民党的黑暗及反动本质，向同学们宣传进步思想，为实现独立、民主、和平的新中国而呐喊。小报先后出过21期，在当时众多社团中成果突出，影响较大，有效推动了校园内反蒋救亡运动和学生运动的开展，后来随着学生运动的日益增多，大家都忙于参加各项活动而停刊。

与此同时，学生运动日益增多，我曾多次参与游行和宣传活动，以唤醒民众，揭露国民党反动派的罪行。可以说，这在客观上配合了中国共产党领导的人

1947 年，北平师范大学校园内，《生活小报》社团全体同学合影
（我在一排右一，手上拿着我们的《生活小报》）

民解放军在全国各地的胜利进军。

首先，1946 年 12 月 24 日晚，北京大学学生沈崇遭到驻北平美军士兵强奸，发生了轰动一时的沈崇事件。从而激发了广大同学的爱国热情，爆发了大规模的抗议美军暴行的游行示威斗争，要求“美军立即撤出中国”，并且由北平开始的抗暴运动迅速扩展到全国，形成了全国规模的反美反蒋运动，从而打破了国统区在大规模内战开始后颇为沉闷的政治局面。

接着，1947年间，国民党政府为了弥补巨额军费造成的财政赤字，大量发行钞票，通货膨胀恶性发作。北平的物价一日数涨，玉米面涨到两万元一斤，民不聊生，怨声载道。加上国统区的教育经费被挪用于内战，教师的收入不能果腹，学生因贫困而失学，广大师生陷入贫困甚至饥饿境地。因此，北平师范大学发生了讲师与助教罢教、工警罢工、学生罢课的空前的“三罢”运动。当年5月20日，北平学生在中共地下党的领导下，发起了声势浩大的“反饥饿、反内战”示威游行。北平师范大学有400多人参加这次运动，我随同大家一起参加了游行示威的队伍，并向所到之处的群众开展宣传工作。

8月下旬，我又参加了学生组织的助学生运动。当时，北平师范大学参加这一活动的有400多人，组成了一个大队、六个分队。郅士昭被推举为大队长，我担任第一分队队长。第一分队被分配到前门大街一带，进行宣传和募捐活动，得到了各大社会阶层的同情和支持，还曾深入八大胡同的娼妓区募集捐款。各分队将募捐到的捐款集中起来后，分配给经济困难的贫困同学。这一助学生运动，可以说是“反饥饿、反内战”的继续，揭露了蒋介石发动内战、国民党不顾人民死活、对青年学生进行摧残和迫害的本质。

1947年，北平师范大学的“反饥饿、反内战”游行

面对汹涌澎湃的“三罢”浪潮，国民党反动政府加紧了对学生运动的进一步迫害。他们利用《维持社会秩序临时办法》，公开宣布取缔华北学生联合自治会。为此，各大中学校于1948年4月举行了“保卫华北学联”的斗争，曾先后举行了三天的“反饥饿”“保卫华北学联”的罢课、罢教、罢工、罢研、罢职的“五罢斗争”。

在如此严峻的形势下，国民党反动政府狗急跳墙，随即将迫害的屠刀挥向北平师范大学里的学生。

4月9日凌晨，在国民党北平市党部直接指挥下，由200多个特务和反动学生组成的暴徒，跳墙闯进北平师范大学的南部斋、筱庄斋等地，用铁棍和狼牙棒向睡梦中的同学猛击，打伤数十名同学，并非法逮捕了姚炯、房世泰、王公宇、陆定宇、邱锡恩、梁守勋、闫和祥、赵学勤八名同学，还捣毁了学生自治会、知行图书馆、历史学会和英语系的全部教室，然后呼啸而去，制造了骇人听闻的“四九”血案。

4 月 10 日上午，北平师范大学学生自治会召开了全校同学紧急大会，控诉特务的罪行。同学们瞬即从悲愤转为斗志，情绪高昂，决定立即前往新华门的北平行辕请愿。

上午九时，在“反迫害，要活命”的门旗引导下，我参加了北平师范大学由 800 多人组成的请愿队伍，随即浩浩荡荡地出发了。宣传员沿途高举着血衣、凶器，向往来行人控诉国民党的暴行。我们到达北平行辕大门前，大家紧紧拉起手来，围在一起高呼口号，并派出代表进入行辕谈判。我被派往府右街的北京铁道管理学院进行联络，呼吁他们采取一致行动，共同为反迫害进行斗争。

接近中午时，北京大学各个学院、铁道管理学院、中法大学、清华大学、燕京大学等学校的学生队伍，冲过各个封锁线，先后到达新华门前，总计共有 6000 余人。大家高呼着“团结就是力量”的战斗口号，形成了巨大的力量，紧紧地包围了新华门。

由于各校师生团结一致，坚持斗争，并提出正义要求，迫使北京行辕在当夜11时，终于答应了立即释放被捕同学、惩治暴徒、赔偿和保障人权等项要求。当听到如此圆满的结果后，请愿师生在广场上立即爆发出一片惊天动地的欢呼声，各校同学都伴随着《团结就是力量》的雄壮歌声，启程胜利返校了。这一壮丽情景，真是令人振奋不已！被捕的八名同学，当天即被护送返回学校。

同年6月，为了反对美国扶植日本侵略势力复活，我又随同北平师范大学同学一起，参加了反美扶日大游行，我担任维护安全的纠察工作。

通过上述各种游行请愿等运动，促使“反饥饿”“反迫害”的学生民主运动，相互紧密结合，促成了师生员工大团结，结成了广泛的统一战线。

在这段群情激昂的学生运动中，我深刻感受到一个新的时代开始了。我在多次参加的学生民主运动中，既得到了锻炼，又提高了政治认识，意识到“国家兴亡，匹夫有责”的真正意义，不再仅仅局限于专心读书的这一件事了。

1948年5月，在北平师范大学学习期间，经曹源同学介绍，我加入了共产党的秘密外围组织“中国民主青年同盟”（简称“民青”）。北平和平解放后，我又转为了中国新民主主义青年团团员。

1947 年，在北平师范大学

1948 年，在北平师范大学

四年大学生活，尤其是在北平师范大学的两年，对于我的政治思想的提高影响很大，促使我走上了革命的大道。

总而言之，我的大学时代（23 至 27 岁），正是处于中国抗日战争的苦难岁月和解放战争激烈战斗时期，尽管那时局势动荡、社会频乱，但我对学业刚毅、执着的追求一如既往，并随着战争的烽火一起燃烧涅槃，化成了凤凰。我全身心地想方设法力争读书，一心一意地争取多学到一点知识，以便将来能对国家有所作为。

我先后历时四年，从大西北的兰州，纵横于黄河、长江上下，乘舱渡海，颠沛流离，千方百计走进了西北师范学院和北平师范大学，总算获得了一个读书的安身之所。在这四年中，我先后得到了诸多良师的教导，结识了一些助我成长的益友，并从中获益极多。恩师李蒸、黎锦熙、陆懋德、张云波、叶鼎彝、黄国璋等大师的治学风范、言传身教、答疑解惑，助我成长。益友曹仲卿、刘国原、张林翰、崔光华、吕景星、鲁毅、崔万顺、王秀坦、郅士昭等，我们课上、课下经常在一起，交流学业，品评行止。他们助我解惑，切磋问题，论古说今，评点人物，促膝言欢，上至国家大事，下至市井琐事，无所不及。大家情同手足，在为人处世诸多方面，助我成长。这些良师益友，对我的思想和身心的影响至大。

正是由于他们的提携和帮助，给我了很大的推动力量。他们在学术上指引我、培养我，在生活上关心我、帮助我。可以说，他们的言传身教和无微不至的帮助，在我的人生观、价值观和世界观的形成上都留下了深刻的烙印。我在众多师友的帮助下，实实在在地获益良多，使我终生难忘。他们的音容笑貌和趣闻逸事，至今仍长系心曲，不断浮现在我的眼前、萦回在我的心头，使我泛起无尽的怀念。这些都使我铭记一生，感念一生。

三、到天津教书

1948年，我穿着学士服的北平师范大学毕业照

1948年8月，我从北平师范大学历史系毕业。当时，国共两党的内战正在激烈进行中，北平师范大学校内外的白色恐怖气氛进一步增强，人心惶惶，大家不知前途如何。

面对当时如此动乱的时局，大学毕业即失业，谋求一个职业，难如上青天。我当时和几个“民青”同学一样，准备奔赴解放区，去参加革命。其时，碰巧我的好友闫效衡（闫悦）的父亲，在天津的一个私立含光女子中学为我谋得了一个教员工作。考虑到去天津教书，既有了谋生之处，又可作为同学们去解放区的中转站和停脚点，这是个一举两得的事情，我便答应了。稍后，又得到同班同学、天津市女中任教导主任于月萍的帮助，我同时兼任天津市立女子中学的历史教学工作。

这两所女子中学，都是天津市的知名学校。含光女中创办于1939年，是曾任民国北京政府、将军府将军和黑龙江实业厅厅长张星桥的女儿张淑纯女士用自家私产创立的私立女子中学。她是个爱国女性，为了使学校师生牢记日本侵略我国东北的国耻，将当时的学校都是10月开学的惯例，改移到9月。我的大学学长温刚先生（温家宝的父亲），1942年从北平师范大学毕业后，也曾在这个学校教书。而天津女子中学（当时的全名是河北省立天津女子学校）的历史更为悠久，创办于1875年，创办人是当时任天津海关道的盛宣怀。最初的校名是天津北洋学堂（中西学堂），是个二等学堂。1924年改为女子中学，命名为直隶省立女子中学。1945年更名为河北省立天津女子中学，不久，又更名为天津市立女子中学。

含光女中校址在意租界南东马路，天津女子中学位于大营门外的解放南路，两校相距不远，便于我可以用时不多地奔走于两校教书。此外，我到含光女中时，没有教员宿舍，只能暂时居住在友人闫效衡家里的客厅，而天津女子中学可以供给宿舍，解决了我在天津的住宿问题。

在含光女中和市立女中，我都是担任高中部的

1948 年，在闫效衡家客厅的合影
（左边是闫效衡，右边是他的弟弟）

历史教员，并分别兼任含光女中高中三年级一个班和市立女中高中一年级一个班的班主任。在教授历史课时，我着重讲述各个朝代英雄人物的杰出事迹，进行爱国主义教育，教导学生热爱祖国。在课余时间，我辅导学生办好壁报，关心时局和国家大事，力争多教授学生一些新的知识，用以提高她们的认识能力。

当时，根据革命形势的需要，北平地下党组织青年进步学生到解放区去参加革命工作。

由于国民党反动派的严密封锁，从北平直接南下到保定的路线难以通行。北平师范大学及其他高校的进步学生，如要奔赴解放区去参加革命工作，只有途经天津一条路。从天津乘火车到河北陈官屯，通过国民党“卡子”封锁线后，方能到达沧县解放区。路上“卡子”多，要经过重重盘查。他们从北平乘火车到天津后，我住的地方就成了他们的停脚点。我主要做了帮助他们购买火车票、送上火车等事务，力争使他们平安到达解放区。我前后共接送了余众群、黄军、王颖、胡松龄、杜潜、曹珂、王保印、孙素琴等十多名同学，使他们顺利和平安地去了解放区。这些同学在新中国成立后多为国家建设的栋梁之材，勤勤恳恳地在不同的工作岗位上尽职尽责，为新中国的建设作了不可磨灭的贡献。比如，王保印曾担任化工部副部长；曹珂曾担任山东省副省长李予昂的秘书，后改任山东经济学院的系主任和党委书记；赵森淼（原名崔万顺）曾担任铁道部党校教务处处长、副教授、教研室主任等职；郭盈和孙素琴在江西南昌的保密单位工作；等等。我和他们虽分散各地，但既是同学，又是乡友，还共同经历过不平凡的革命历程，所以虽然因各自工作都忙，很难见面，但是经常书信往来，电话联系，互通信息，鼓励前进，堪称良师益友，使我终生获益。

我到天津的中学从事教学工作时，全国解放战争在中国共产党的领导下，取得了节节胜利，国民党军的全线溃败已成大势所趋。1948 年 12 月 20 日，人民解放军完成了对天津的包围。1949 年 1 月，解放战争时期著名的三大战役之一的“平津战役”中的天津攻坚战展开序幕。天津战役是解放战争中最重要的大城市攻坚战。从 1 月 3 日至 12 日，用了十天时间，扫清了天津外围的 18 个据点，随后经过一天多的激战，胜利占领天津，全歼天津守军 13 万人，活捉国民党天津警备司令陈长捷等人。1 月 15 日，天津解放，这一北方最大的工商业城市回到了人民手中。

天津解放的当天，人民解放军军事管制委员会发布了军字第一号布告，向市民宣告，中国人民解放军平津前线司令部指挥下的天津军事管制委员会成立。此后，在十多天中，几乎每天刊发一份布告，其内容大多涉及对天津地区的经济、教育、工商业等领域秩序的维护和重建。这对保障城市中的正常生产、生活秩序起到了非常重要的作用。当时，天津人民欢欣鼓舞，以非常欢快的心境迎接新生活的开始。

我在天津的教书生活，只经历了半年多的时间。随后，因国内革命形势的快速发展，我便义无反顾地离开了天津，回到了北平，投入人民解放战争的激流之中。

四、响应号召，参加人民解放军

天津战役，对尚在持观望态度的国民党华北“剿总”总司令傅作义产生了极大影响。紧接着，1949 年 1 月 21 日，傅作义宣布接受人民解放军的和平改编。1 月 31 日，北平和平解放，回到人民手中。

当时，为适应“打到南京去，解放全中国”的革命形势和继续完成建设新中国的任务，党中央和中央军委决定在平津地区招收 1 万名知识青年参加人民解放军，以人民解放军南下工作团（后改称第四野战军南下工作团）的名义公开号召动员、招收学生和知识分子，并确定谭政为总团长、陶铸任副总团长。

招生启事公布后，报名投考的人很多，气氛热烈，高潮迭起，北京大学、清华大学、北平师范大学的学生踊跃参加，大家都愿意一起去完成消灭蒋家王朝和建设新中国的革命事业。在招生启事公布前，留在北平的同学就给我写信，鼓励我赶快回到北平并入伍参军，加入解放全中国的战斗行列中。当时，我意气风发，豪情满怀，立即响应党的号召，于 3 月初便从天津奔赴北平，参加了中国人民解放军，被安排在中国人民解放军第四野战军南下工作团第一分团（该分团主要干部和部分工作人员都是来自原东北野战军政治教导团和热河整训第四师第十五团，原教导团团长赵卓云任第一分团团长）第一大队，穿上绿色新军装和布鞋，戴上中国人民解放军南下工作团的臂章，成为一名学员（列兵），正式入伍了。

南下工作团下设三个分团：一分团和三分团在北平，二分团在天津。其中，一分团最先成立，所招收的学员，大部分是北京大学、清华大学、北平师范大学、燕京大学、辅仁大学等高校的大学生，也有部分党员和各机关团体送来的知识青年。

在编制上，采用军队方式，分为大队、中队、分队和小队。我所在的第一大队，是最早成立的一个大队，组建于 1949 年 3 月 12 日。第一大队有四个中队，每个中队有四个分队，每个分队有四个小队，每个小队有 10 至 12 人。全大队有 600 名学员左右，第一中队以北京大学、燕京大学的学生为主，第二中队以东北大学、北平师范大学、长白师范学院的学生为主，第三中队来自清华大学，第四中队为女生队。学员们都住在朝阳门附近的东四头条胡同的华文学校旧址（南下工作团团总部和研究班也驻在这里），那是一座洋式建筑的楼房。

当时，除进行一般军事训练，比如整队、夜行军、应变措施等，采用听党的首长做报告、阅读书籍或文件、分组讨论的方式进行培训。尤其特别注重政治、时事和三大纪律、八项注意等的学习，采用从形势教育、革命传统教育和路线、方针、政策教育三个方面，作为教育方针，用以提高学员们的思想觉悟，使其能够逐步建立起革命的人生观和世界观，明确社会发展的方向，以及认识劳动创造世界的道理。

此外，我们还举行各种形式的座谈讨论会，提倡自学和互帮互学，畅所欲言，并采用多种辅导办法

中国人民解放军第四野战军南下工作团
第一分团团部全体工作人员（后排右四是我）

进行帮助，以便尽快提升学员的觉悟。总体来说，在学习方面，军事内容少而政治内容多，以改造思想、确立革命人生观为中心，学习有关社会发展史、中共党史、青年修养、马列主义国家学说、革命法治理论、知识分子的革命道路等课程，要求能够学到其中的主要内容和基本观点，并采用领导人做报告、学员讨论、干部适时辅导与解答疑难，最后再总结提高等形式。朱德、张闻天（洛甫）、邓初民、邵式平等同志和社会名流都分别做过报告，指明南下工作团的目的，就是培养干部随军南下，开辟新解放区，促使解放全中国，要求学员们学习阶级斗争知识、生产知识，而且应该在斗争中学习。他们用马列主义原理、毛泽东思想，进行党的路线、方针和政策教育。

基于在读开封高级师范时，我曾接受过军训课程和基本技术训练，所以在分队中颇为突出，军事训练的动作熟练、准确，常常为其他学员做示范，再加上我年龄较大、阅历较深，服从命令听指挥，能起到一定的模范作用。同年 5 月，我被提升为第一分队长。

但是，我自认为，根据我是大学毕业生、担任过高中教师的这两个条件，应该编入部队的研究班（由参加南下工作团的教授学者、大学毕业生和研究生等组成）较为合适。因此，我写信向分团长做了陈述。

很快，分团长赵卓云同志便回复了我一封信。

尚明轩同志：

信悉。望你很好的（地）珍重身体，努力学习，作（做）个模范的学员。嗣有机会时再设法送你到研究班。祝你大踏步的（地）前进！

敬礼

赵卓云

五月十二（日）复

同年6月，我又从第一大队调到设在朝阳大学校内的第一分团团部，戴上了“中国人民解放军”字样的胸章（学员只在左臂上佩戴“南下工作团”臂章，没有胸章；干部和南下工作团下属的文工团团员佩戴“中国人民解放军”胸章）。

我在分团部的组织科，担任组织员（副排级）职务，所负责的工作是联系第一分团部所属的三个大队及其下属分队，在学员中宣传建立青年团的重要意义，解释为什么在南下工作团中要建立新民主主义青年团，以及发展团员、做好团员的组织和联络工作等。在这个工作岗位上，我学习了很多理论知识，掌握了很多实际工作能力，从而使我得到了初步锻炼，

1949年5月，我担任第四野战军南下工作团第一分团团部组织员时留影

并进一步提高了思想认识和理论水平。

南下工作团的生活，实行战时共产主义供给制，除发给极简朴的生活必需用品外，每月只发少数零用钱，一个月发放旧币50元，相当于后来发行的人民币5分，只能买一小包花生米。学员都住在八人一间的房间地板上。每日三餐，多为高粱米饭、两个青菜或咸菜。虽然生活相当艰苦，但是大家的精神都非常饱满，学习也十分认真。

离开天津前，我对两个学校中所担任班主任的全班学生，讲述了参加革命队伍的意愿，并鼓励他们要做一个要求进步的人，跟着时代脚步前进。我还带上了含光女中高三班的学生王裕书、蒋秀英、王玉珍和好友闫效衡等五人一起参军，共同加入中国人民解放军第四野战军，进入南下工作团。

我到了南下工作团后，曾给我教过历史课的天津市女中高一班全体同学，写过一封信。我在信中介绍了革命形势和我的近况，并鼓励她们努力学习，紧跟时代进步。不久，我就接到天津市女中高一班班长高心然代表全班同学的来信。她在来信中，详细汇报了同学们收到我的信后的心情，并介绍了班里的情况。

可敬佩的尚先生：

廿九日上午接到您的来信，每个同学都是高兴异常。我站在讲桌前大声朗诵了一遍，每个同学莫不倾耳而静听。念完之后，同学们都争先恐后的（地）抢着看。显而易见同学对尚先生的一切都很关心；虽然表面上是分离了，但能以文字代表我们的晤面，这也是我们值得庆幸的，能在百忙中抽空给我们写信，这更（是）让大家所感激的！但此次的分离是对的，是值得可歌可泣的，为革命而奔走，为解放全人类而斗争，是令人敬佩的、赞扬的！

虽然相处不久，但是由于您的热心指导，诚恳待人，而成为高一甲班同学脑海中印象最深的一位老师。在出壁报时，您那不顾早晚的热心帮助，那更是令人不能忘的一事。现在我们班还没有导师，因为同学们想发现一位与尚先生同样热心的先生，但是很难。

十多天以前，您还在女中过着一种呆板的生活，几天工夫居然换了一个如此充满了活力、朝气的环境，生活是活泼的、有意义的，配合时代的，参加革命序列，为人民服务，责任是重大的！

市女中的情形稍有变化，因南下工作团走的同学很多，学校大行合班制，将高二甲、乙合为一班，将高一乙折中分到甲、丙两班，现又有甲、乙两班。别的一切情况如故，生活与学习的情形皆好，请您放心，不要惦念。差不多每星期六开一次游艺会。在廿三日校庆那天开了一个全校教职员工学生检讨大会，在礼堂举行。此一次学生是非常的（地）有胆量，坦白的（地）批评学校行政与老师，是很有意思的。

我们班参加南下工作团的有七个人（沈令妹、宫翠英、纪英珊、刘珠丽、刘允芳、刘鸿省、刘曾华），她们都入团了，同您一样也穿上了绿军服。我们看她们去了，每个都很高兴的。并且把您这封信带去给她们看了，她们更是高兴了！不写了，再谈吧。祝您

身体健康、精神饱满！

高心然 上

三月卅一日

1949年元旦，中共中央为着团结和教育全国的青年一代，为着更大地发挥中国青年在革命斗争和国家建设中的积极性，在统一全国各先进青年组织的基础上，做出了建立中国新民主主义青年团的决议。2月18日，中国新民主主义青年团筹备委员会成立，任弼时为主任，冯文彬、廖承志、蒋南翔为副主任。4月11日至18日，在党中央的关怀和领导下，在北京召开了中国新民主主义青年团第一次全国代表大会。这次会议的召开，标志着中国新民主主义青年团的正式成立。当时，全国共有19万名团员。

为着适应青年团组织工作的开展，需要抽调一些干部充实团中央机关。同年9月，我被调到新民主主义青年团中央工作，因此便从部队转业了。

当时，团中央机关办公地点在北京王府井大街南口，在路东的中央饭店和电报总局之间的一座大楼里办公。后来，迁至东交民巷附近街道的新地址。

我到团中央宣传部报到后，被分派到杨述任部长的宣传部所属的《中国青年》杂志编辑部工作。

《中国青年》是团中央的机关刊物。追溯起来，早在1939年4月，由全国青年联合会延安办事处主办，就创刊了《中国青年》这一刊物。冯文彬在创刊号《发刊词》中指出："希望这个刊物能够继承并发扬大革命前《中国青年》的光荣事业，像过去的《中国青年》推动了千百万中国青年投入了大革命浪潮一样，我们今天的《中国青年》要能够推动、组织更广大的青年到抗日战争中来。”因此，这个刊物具有悠久的光荣历史。新中国成立后的《中国青年》，就是继承了过去的光荣传统，旨在秉承中国共产党的方针、宗旨、主张和行动，宣传和推动青年团发挥在全国年轻一代中的先锋带头工作，教育全国青年树立革命人生观，做好共产党的助手，能在革命斗争和国家建设中发挥先进青年的榜样作用。

我到团中央宣传部报到后，被分配到《中国青年》编辑部，承担该刊第三期部分稿件的编校工作。

我们做这项工作的有五六个人，分工合作，最后汇总由主编审定。工作比较顺手，也不忙碌。

同年9月底，我的痔疮病加重，加上神经衰弱，整夜难以入眠，被迫住在王府井大街南口一家日本人开办的川田医院进行治疗。当时，我既脱离了工作，又未能参加隆重的开国大典，深以为憾。

第六章　新中国成立后的前几年

一、在中央税校的两年

1951 年，中央税校工作期间

1949 年 10 月 1 日，首都军民 30 万人齐集天安门广场，欢庆中华人民共和国的成立。一个真正属于人民的共和国，诞生在金色的秋阳里。

这是中国近代历史自“五四运动”以来，发生的最大的震动全世界的历史事件，是实现中华民族伟大复兴的第一个里程碑事件，标志着中国走上了独立、民主、自由、和平、统一的道路，一个强盛的新中国正在东方崛起。

新中国成立之后，百废待兴。为保证解放全中国的胜利进军和社会主义建设的顺利进行，在忙于“打天下”的同时，还要重视如何“治天下”的这个重大问题，并且把它放到了仅次于“打天下”的地位，是新中国成立后的首要工作。这一时期，面临着繁重的国家建设任务，财政经济工作已经上升到不亚于军事或仅次于军事的重要位置。税务工作则是重中之重，是关系整个国家的财经状况好坏的重大问题，是通过税收的形式贯彻我们的经济政策，达到繁荣经济、保障供给的重要手段。因此，它关系着整个国家财政经济状况的好转与否。而税务干部素质和能力的强弱，与这一工作能否顺利推进又是分不开的，是急需尽快给予解决的一个重要问题。

当时，中央财政部为了尽快解决税务干部不足的问题，在新中国成立时就筹建培训专业干部的机构。1950年2月，在北京东黄城根22号的一个大宅院里，成立了中央税务学校（原名为华北税务学校，现中央财经大学的前身），并立即从华北人民革命大学（现中国人民大学的前身）刚毕业的学生中，调拨来403名学员，另有60人是各机关派出的调训干部，再从全国基层干部中抽调100多名税务人员，组成了第一期学生队伍，进行培训，期望把这些学员培养成为新中国成立后全国税务系统的骨干力量。

1949 年冬，中央税务学校青年团委会干部合影
（前排中间是组织科科长康民，他的左边是董乃秀、右边是我）

第一期学员的素质都相当高，在 470 多人的学员中，403 人是华北人民革命大学毕业的，67 人是调训干部。他们分编为四个班，第一、二、三班是税政班，第四班是会计班。其中，有青年团员 360 多人，占全校学员总数的 67%。为了加强学校对青年团组织的建设，以及对青年学生的思想教育，急需专职青年团干部负责组织工作。为此，中央财政部派专人持函到中国新民主主义青年团中央委员会，商请调派有青年团工作经验的同志，充实学校干部力量。

1949 年 12 月下旬，我遵从组织安排，由团中央宣传部选调到中央税务学校组织科，负责学校的青年

1950年，中央税务学校部分干部合影（二排左三是我）

团组建工作。后来，又调来华北人民革命大学毕业学员董乃秀作为我的助手，共同参与此事。

此时，学校刚刚组建，诸事都需要从头开始，工作很多。第一期入学的学员，主要学习财经税收政策和基本业务知识，并接受革命组织纪律教育。在青年团组织结构上，通过学校党组织的研究和决定，我们先组成了中央税务学校新民主主义青年团团总支委员会（后改为青年团委员会），由中央财政部青年团委员会领导。我担任书记，董乃秀作为我的助手，担任组织委员。为了加强对学生的教育，以及相互交流经验、推动工作，在四个税政班和一个调干班中，各组成一个青年团支部。每个支部再划分若干小组，开展了有组织的青年团活动。团总支工作初期，主要是对现有团员紧抓组织纪律教育，提高政治认识和阶级觉悟，力求使现有组织结构逐步健全和巩固；对群众则广泛进行宣传，使其能够积极靠拢团组织，争取加入共青团，做一个合格团员。

同时，为了加强学生教育、推进工作、交流经验，大力开展团组织的教育宣传活动，发挥青年团在同学中的桥梁作用，一方面我们结合在校生的学习中心工作，指导团的活动，广泛进行团的宣传教育工作，密切团群关系；另一方面适当解决团员及同学们在校期间所关心的问题，比如学习中遇到的困难，以及文化娱乐需求等切身实际的问题。12 月 30 日，在党委会的直接领导下，为了报道青年团的工作，反映团员的生活，以及有系统地指导团员学习，我们开设了团课教育，并在 1950 年 1 月出版了《税校青年》这个不定期的油印刊物，先后共出版了四期，后因第二期学员结业而暂时停刊。

《税校青年》1951 年第六期

中央税务学校初期，是

个短期培养税收干部的学校。每期的培训，仅有三四个月时间。1951 年 2 月，第三期开学时，500 多名学员中，只有 80 多名团员。第四期团员仅有 17 人，占到全体学员的二十分之一。团群数目相差悬殊。为了推动团组织的建设工作，反映团员的生活，有系统地指导团员学习，《税校青年》后来复刊，将不定期改为双周刊，共出版了十三期。扪心自问，我所做的这项工作是有成绩的。我几乎整天忙碌，有时晚上忙到零点以后。时间并没有白费，我总结了一些工作经验：每期内容要有一个中心，编排工作要有专人负责，要发动各班、各组同学普遍写稿，注意选择材料，注意业务工作与政治学习同时提高，而后方能把小报办好，达到预期的功效。

为了推进青年团的工作发展，我用尽全力，推动《税校青年》杂志的编辑和发行工作，并对所登载评论、通讯、动态等文章，都逐篇审读修改，还为刊物写了《纪念列宁逝世 26 周年》《谈谈学习思想中的个人主义》《认真做好团群关系》等多篇文章，分载各期刊物中。日常工作中，除定期举行团小组活动、上团课、培养与发展新团员外，我还专门跑到团中央和北京市团委会请该单位的领导做政治报告。我们在庆祝《中苏友好同盟互助条约》签订一周年时，邀请了团中央的柯黎同志做《访苏观感》报告；在第一、二期学员毕业时，邀请了北京市团委张大中同志做政治报告；等等。

在中央税务学校两年多的青年工作中，为保证学习计划的完成，响应党和上级组织的号召，在青年团员中起推动带头作用，我们送走了四期、共2000多人的培训学员，他们被分派到全国各地，有的远在祖国边疆。其中，分配到绥远、广东等地的王淑芸、张洁栖诸同志，曾连续给我寄来了好几封信，报告他们的工作和生活情况。我也逐一回复他们，鼓励树立专业化思想，用共同的目标和信心，来坚定自己，并期待着他们在工作中做出成绩。

1952年春，中央税务学校改名为中央财经学院，迈入高等院校行列。为适应这种改变，学院专门成立了政治教育研究室，进行收集资料、辅导教学等方面的工作。新任的学校副校长张靖鉴于研究室与教学效果联系紧密，提出大力整顿研究室、加强教学工作方案，计划组织资料、研究、编审三个方面的机构进行工作，并加强配备人力，以利于推进工作。5月，调教育长何方明兼任主任，我亦随之调到研究室，负责搜集资料、编审教材和辅导教学等方面的工作，从而结束了近两年时间的青年团组织工作。

二、进中国人民大学研究班学习

1953年，在中国人民大学研究班学习期间

1952年9月，我被中央财经学院调派到中国人民大学马列主义研究班在职学习。

中国人民大学是新中国成立后新建立的第一所高等学校，校长是我国杰出的无产阶级革命家、教育家吴玉章。马列主义研究班，是专为全国各高等学校、党政机关和军事部队培养政治理论教师和马列主义理论宣传干部而设立的。班主任是张腾霄，系河南孟县人，是一位著名教育家。在新中国成立前后那个特殊年代，他关于“又红又专”的讲话影响了中国人民大学一代年轻学者。1952年夏，成立的第一届马列主义研究班，下辖四个分班：中国革命史班、哲学班、马

1953 年，学习小组的同学们在中国人民大学校门前（右三是我）

列主义班和政治经济学班。

我读的是中国革命史班，导师是何干之，另有胡华、彭明等多位教师。除主修中国革命史课程外，还加修了马列主义基础、政治经济学和哲学三门课。

在近一年的学习中，我专心听课，埋头认真读书，听从辅导老师的帮助和安排，准时认真完成所布置的作业，受到导师的表扬和称赞，在全班一再做示范讲课，并由全班师生点评。我在所学习的几门课上

1953 年，在人大校园参加体育活动（前排左一是我）

有了较大的提高和进步。在两个学期中，中国革命史和马列主义基础课的考试，均获得了“优”的成绩。

在临近毕业时，中央财经学院报请高等教育部，拟派蒋光远和我去苏联学习。高等教育部批复：“他们这一批是国家计划中的一部份，不能动。”

中央财经学院教育长何方明同志，专门以快递件回复了一封信给我，讲述了这件事情的原委。

明轩同志：

因为自己同志考的（得）好而产生的愉快，这只有有这种经验的同志才能体会到，我衷心的

（地）祝贺您。

为了使您考的（得）更好，集中全力，我接到信后第一分钟即答复你提出的问题。为了解决你们的问题，曾请示高教部。据高教部说，你们这一批是“国家计划中的一部份（分），不能动”。故蒋光远去苏问题也只得作罢。你也不可能于短时间去了。请集中全力考好你的课程。

祝你成功！

即致

敬礼

何方明

6月17日

1953年6月，我修完应修课程，各科考试及格，获得了优等生的评定，研究生毕业。由校长吴玉章签署了毕业证书。

在全班同学尚未正式分配工作前，1953年6月下旬，我被破格地第一个分配了工作，任命我为高等教育部派赴苏联等社会主义国家工作的一员，并令立即前去。我便匆匆离校，前往高等教育部报到。

三、参加培训越南留学生工作

当时，拟派赴苏联、波兰等社会主义国家的学者共十人，他们是丁易（叶鼎彝）、刘公畹、张景桂、赵瑞洪、尚明轩、李培元、江山野、陈素之、廖克昌和王璐璐，都是从全国各知名高校里选择的知名教授和优秀青年教师，其中有教授三人，其余多为讲师等。由北平师范大学教授丁易带队，派我担任秘书工作，并进行联络等事宜。我们在高等教育部招待所集中进行了培训，主要内容是学习出国教书和日常生活中应该注意的所有事宜，并参观有关的机构和景点，以及置办出国服装等工作。当时是供给制，一切费用都由国家负担。

这项工作，历时两个多月。在培训工作即将结束时，高教部却通知计划有变，只派三名教授出国，其余人员均留在国内，另行分配工作。

当时，丁易被派赴苏联。不幸的是，在去苏联途中，飞机失事。丁易过早地谢世，年仅41岁，实在令人唏嘘感慨，惋惜不已！

我被派到北京大学担任教务长尹达的秘书。但是，这一新工作还未正式报到时，新任培训越南留学生工作的副校长、我的老友钟怀琼找到我，坚定地要拉我去他那里，并提出只借调一年。这样，他多次奔走，又经高教部批准，借调一年。于是，我便改赴广西桂林，做培训越南留学生的工作。

中越是山水相连、唇齿相依的社会主义友好邻邦。当时，我们视苏联为老大哥，视当时的苏联就是中国的明天；越南则视中国为老大哥，中国的当时就是他们的明天，处处向中国学习，中越关系极为友好。1953 年，越南派出 400 名留学生，到中国学习汉

1953 年 8 月，奉派苏联前与曾在中央税务学校时的同事合影（前排右一是时任中央财经学院教育长何方明，后排右一是冯景源，中间是我）

1954 年，在桂林中国语专与教研室同事合影

语。高教部在广西桂林成立了“越南留学生中国语文专修学校”（简称中国语专），开展培训越南留学生的工作。所有学习、生活等费用全由中国负担，为了照顾友邦的学生，食宿生活都安排得很好。

中国语言专修学校设在桂林城内独秀峰下的桂王府里，大院内有亭台楼阁、小桥流水，景色宜人，是桂林的一个重要风景区。高教部委派陈亮任校长，钟怀琼任副校长。所有教师都是从全国大中学校里抽调而来，有 50 多人，分为政治、中国语文和音体三个部分，组成一个总教研室。我担任副主任(无主任)、校工会主席，并做讲授政治课的工作。

当时，政治课既缺乏现成的课本，又没有相应的书籍可做参考。我也没有给留学生讲课的经历，困难重重。经过不停地钻研和学习等诸多努力，我编写了一本《政治课讲稿》（油印本，约20万字）。该讲稿针对越南留学生的具体情况、政治水平和文化程度（包括中国语文程度），将政治课分为革命基本问题、新民主主义革命史和新中国的建设三部分进行讲解。

学员学习中国革命基本问题的目的，在于分析中国社会和革命的基本特点与具体规律，各阶级在社会和革命中间的相互关系，进而了解中国新民主革命的总路线和中国革命走向胜利的道路。而学习中国新民主主义革命史的目的，则首先在于彻底认识社会发展的法则，并从社会发展中学习中国共产党和毛泽东领导中国新民主主义革命走向胜利的丰富经验——毛泽东思想，进而用中国社会发展和政治斗争规律的知识来武装自己，尤其以“三大法宝”为中心，认识中国共产党领导革命的主要经验。至于学习新中国建设的目的，则是在学习新民主主义革命的总路线、总政策的基础上，以中国人民政治协商会议的《共同纲领》为中心，学习各种具体政策，进而从总路线出发，能够初步了解每个具体政策的基本根据和基本内容，及其与总路线和总政策的关系，从而了解中国革命能够取得伟大胜利的缘由。

总之，我教授政治课的目的，主要是使越南留学生能够用学到的马列主义的立场、观点、方法，具体分析中国情况，以便更进一步领会毛泽东思想，掌握中国革命的规律，武装头脑，使其回国后能够运用到越南的革命工作中。

在教授越南留学生政治课的一年中，我所讲授的重点共有四方面：中国共产党；中国共产党领导中国革命的主要经验；新中国经济的伟大成就；中国共产党在国家过渡时期的总路线和总任务。我希冀学员们能够比较全面了解中国革命的经验。

总之，在桂林的一年中，我是挤时间埋头读书，边学边讲，力争能够较好地完成任务。正是经过不停地努力，在编写讲稿、讲课、领导总教研室和校工会工作中，既锻炼了自己，也比较顺利地完成了所担负的各项任务，并得到了全教研室和学校领导的好评，心情颇感欢愉。

桂林是个具有两江四湖的风景区，诚如南宋文人刘克庄笔下所述的“千峰环野立，一水抱城流”，美不胜收，自古以来一直深受人们喜爱。在桂林的一年里，有不少的休息假日，我常漫步桂林城内外各地，映入眼帘的满是绿水青山的怡人景致，饱览山光水色，其中的伏波山芦笛岩，尤为突出。洞中石乳繁多，有采粮山、花果山、老翁采药、歌仙台等。洞中装有五色电灯光，随自然景色变换颜色，确如唐人诗句所云：“别有天地非人间。”出洞时有钟乳石做人和桃状，寓意为仙翁献桃、为老人祝寿。韩愈曾赞颂桂林以水为碧玉簪、青罗带，也确实名副其实。这些美景胜地，确实令人陶醉，我常常流连忘返，心情欢愉，总愿意多停留片刻。人们常说“桂林风景甲天下”，真名副其实也。我对这些宜人的美景，迄今仍记忆犹新。

特别值得怀念的是，我参与了以培养越南留学生为目的的中国语文专修学校的创办工作。在工作中尽心尽力，既锻炼了自己，也促使从这个学校走出去的越南学生回国后迅速成长，成为越南各条战线的骨干，其中不少人成了国家或地方的领导人，从而得以凝聚中越两国人民的深厚友谊，共同谱写了中越睦邻友好的新篇章。从这一重大意义上来说，我对这一年的工作，从内心里感到宽慰。

第七章　迈进近代史研究所

一、开始学术探索与研究工作

1954年8月，从广西桂林返回北京后，高等教育部分派我到设立在北京石油学院院内的兰州石油学院筹建处，担任人事秘书工作，负责招聘、处理有关人事方面的工作。

1956年7月，在汕头招聘工作人员

在从事这项工作中，我除了从事分内工作，如在北京物色聘用工作人员和处理日常工作外，还曾两次奔赴广东汕头等地招聘各类人员200余人，并负责分配他们承担行政、教学等各方面的工作。我的弟弟尚金堂和堂弟尚中亚二人，也在一次去南方招生工作中，被招进北京石油学院工作。

与此同时，我还代表石油工业部招聘工作人员，先后招到由军人转业的人员50多人，将他们分配到北京石油学院和石油部所属的有关处室等单位工作，事情颇为忙碌。

这项工作历时一年多，后经专家勘察，兰州地区并不产石油，高等教育部命令停止筹建学院的工作。

出于我的意愿，并得到友人、时任近代史研究所

1954年10月，与兰州石油学院筹备处同事合影（一排右二是我）

行政秘书余众群推荐，经范文澜先生同意，我被调到中国科学院哲学社会科学部（其前身为组建于1938年的延安马列学院历史研究室，1977年5月7日在其基础上正式组建中国社会科学院）近代史研究所工作（2019年归属社科院的中国历史研究院）。能够归队，并重新开始原来学习的专业，我是由衷地高兴。

1956年10月，我走进北京王府井大街东厂胡同1号，在一座有高大门楼的深宅大院内的近代史研究所正式报到，成为该所的一名研究人员。从此，我又开始转向史学研究工作。

在尚未到近代史所报到之前，曾与我在中央税务学校工作过的领导、刚担任中央劳动大学校长的罗青同志，为了请我去该校主持政治教研室工作，曾亲自到西郊我的住处相邀；在我刚到近代史所后，他又跑到近代史所他的老友刘大年（近代史所副所长，实际主持全所日常工作）处，请他协助要我去他处工作，极为热情。为此，刘大年同志专门征求了我的意见。但此事有关个人兴趣与终身职业，我婉言谢绝了。

北京王府井大街东厂胡同1号，是一个赫赫有名的地方：在明朝是宦官专权的特务机构所在地，有许多忧国忧民的志士曾在这里被囚禁；清朝末年是军机大臣荣禄的府邸；到民国时期，又先后成为黎元洪的

1958年，在中国科学院近代史研究所工作期间

官邸、胡适的寓所。院内有多个完整的四合院，非常气派。新中国成立后，人民当家做主，那里就成了一个潜心治学的府地。我在离休前的三十多年里，一直在此工作。其中，前期八年还曾在此安家居住，对这个院落相当有感情。2019年1月初，中国社会科学院下属的中国历史研究院成立；12月初，近代史所搬到了国家体育场北路1号院2号楼（同中国历史研究院和所属的六个研究所在同一个大院）。

近代史所正式成立于1950年5月，当时名为中国科学院近代史研究所，是新中国成立后的第一个国家级史学研究机构，又是国际知名的学术研究部门。它承接延安史学的脉络，主要以华北大学研究室人员为班底，具有多位对历史学造诣很深的教授和学者。他们立足于科学发展，着力自主创新，完善体制机制，曾培养了一批批优秀人才，推出了一部部精品力作，做出了重要贡献，成为学界瞩目的重镇。当代著名的马克思主义历史学家范文澜任首任所长，直到

1973 年，近代史研究所民国史组同仁在中国科学院
近代史研究所门前留影（前排右一是我）

1969 年去世。所里的主要研究人员有刘大年、荣孟源、王禹夫、刘桂五、钱宏、贾岩、唐彪、王可风、牟安石等。之后，又有罗尔纲、黎澍、李新等多人进所。范文澜是这个研究所的组建者和精神领袖。它刚成立时，研究人员不过十余人。截至 1955 年 10 月，全所共有研究人员、编辑 58 人。到 1956 年底，我进所时的所有人员，还是这 58 人。

我是饱含热情并自愿到近代史所工作的。所长范文澜以其倡导的严谨务实的治学态度，为近代史所树立了优良的严谨学风。所里专家们积极奋进的精神和一丝不苟的工作态度，感染和熏陶了我，鼓舞和激励了我。正是在众多专家学者的熏陶和启迪下，我坚定了将研究中国近代史作为自己工作目标的信心，追求能够做个学问家，从而促使我能够安心地成长起来。我满怀激情地想把这种学风发扬光大，并砥砺前行。我的学术研究生涯从此开始。

屈指算来，我在近代史所迄今有长达65年（包括在职31年、离休34年）的时间，在职、离休都一样读书和做研究工作。半个多世纪以来，我一直在近代史所学习、工作和生活。我成长在近代史所，经历了近代史所的发展变迁、沧桑辉煌。所里的房舍环境、良师益友、史坛学风等，无不给我留下了深刻印象，令人难以忘怀。我是怀着既爱又痛的心情，在这里度过了大半生的职业生涯，度过了甜酸苦辣的长期生活。可以说，没有近代史所，就没有我的今天，我对近代史所怀有深厚的情怀。我爱历史学，我爱近代史所的学风，我爱近代史所。

中国自古就有编写史书、修撰志书的优良传统。历史是一面镜子，是最好的老师，可以鉴古知今，资政育人。它对于保存和弘扬祖国历史文化，启迪和教育后人，都发挥了极为重要的作用。对我来就，对历史是怎样发生兴趣的呢？追其缘由，说来话长。如在第一章所述，主要是出于幼年经常听父亲讲述历史故事，以及敬佩可歌可泣的岳飞、文天祥和孙中山等历史人物。之后，在我读小学和中学的少年时代，通过学习教科书，接受师长的教诲，在仅仅对英雄人物们有些懵懂认识时，就对他们非常推崇和敬仰。

我在上学以后，对历史书就更有兴趣了。那时还是民国时期，每周一都要念诵《总理遗嘱》；读中学时，尽管时局动荡，但是通过上“三民主义”课，开始理解了孙中山为国家谋幸福的远大理想；后来读大学时，我毫不犹豫地选择了历史系。可以说，我是逐步走上了充满乐趣地爱读历史书籍的道路，对历史有了深厚的感情，从而打下了治史问学之路。

在大学阶段，我的兴趣本来是研读明史，如前所述，大学毕业论文写的是《论晚明的农民起义》，从揭露明末阉党政治的黑暗和统治阶级的腐败崩溃，论述到明末农民起义发展的过程，歌颂了农民领袖李自成及其所执行的政策。新中国成立前，我在天津两所女子中学高中部讲授历史课；新中国成立初期，我又在中国人民大学攻读中国革命史研究生；继而在中央财政金融学院、北京石油学院等高校讲授中国革命史课程。通过这些经历，我对中国近代史及孙中山等这些人物，有关他们的生平事迹、思想理论和精神人格等，逐步有了较多的了解，也就逐步产生了要从事研究这些近代人物的想法和浓厚兴趣。

研究历史、借鉴历史的目的，归根结底，是为了理解现实、面向未来，也就是“察古知今”“鉴往知来”，为着美好的明天奋勇前进。可以说，历史是人类最好的老师。我喜爱历史，研究历史的根源，就是由此而产生，并从此结下了永恒的缘分。

我到近代史所后，被分配在现代史组（后改为现代史研究室）工作。当时，组长是董其昉，干事是王来棣，全组共有 13 名研究人员。

1972 年，现代史研究室改为民国史研究室。1973 年，山东大学孙思白教授调入近代史所，并任民国史研究室主任。那时，全所各个研究组都是采用集体撰著模式，大家围绕着一个专题分工合作，集体完成一部专著。现代史组计划撰写《五四运动史》一书，预定三年时间完成。先后参与此书者有十多人，或提供资料长编，或撰写章节初稿。这是我到近代史所后参与编撰的第一本书，所承担的是《巴黎和会的骗局》和《五四运动的爆发》两部分。其主要内容是从“巴黎和会”到以孙中山为代表的中国民族资产阶级的活动。当时，出版的研究著作和论文都是集体的智慧，不署个人的名字，包括后来的《中华民国史》，也是以编写组的集体名义出版的。

在收集和整理资料过程中，我对中国资产阶级民主派的活动很感兴趣。正如在前面章节中所述，幼年对英雄人物的尊崇，促使我对他们尤其是对孙中山这一历史人物，特为重视，想方设法收集到涉及的有关资料，研读有关方面的专书。日子一久，便促使我逐步把研究的重点转向孙中山的生平和事业方面。

当时，研究所里强调的是集体工作，反对个人单干，认为那是开“地下工厂”，会遭到反对和受到严格批评。因此，这项工作只能在业余时间悄悄地进行，难能得到顺利开展。

随着时间推移，在实践中发现集体撰著模式在一定程度上压抑了个人积极性的发挥，影响研究成果的质量。改革开放后，个体价值得到了尊重。个人择题进行研究和著作，可以与集体撰著模式并存。

从那时开始，我就开始涉猎有关历史人物，如孙中山、宋庆龄等人物的有关史籍，着手收集和整理史料，立志探究历史人物。

研究历史人物，是我研究中国近代史的起点。从踏上这一研究道路开始，我便与研究历史人物结下了毕生的不解之缘。

二、在频繁的政治运动中

1968 年，“文革”期间，
胸前佩戴毛主席像章

新中国成立后的一段时期内，由于极“左”路线等诸多原因的影响，政治运动接连不断。

1957 年 6 月 8 日，中共中央发出《关于组织力量准备反击右派分子进攻的指示》，《人民日报》发表了《这是为什么？》的社论后，反右派运动开始了。

1958 年，在大跃进的狂热年代，违背客观经济规律，人人动手大炼钢铁。在我居住的考古研究所院内（考古所与近代史所都在一个大院里，考古所在东面，原来是黎元洪府邸的花园），也建起了小高炉，想把一些破钢烂铁炼成钢。这种吹得神乎其神、不切实际的活动，加上农业歉收等原因，造成经济发展陷

1960 年春，母亲、我和儿子在八角亭下家门前

入困境，人民遭受痛苦。

1959 至 1961 年，进入三年自然灾害的困难时期。因三年严重干旱的自然灾害，使得物资极度匮乏，粮食、食用油、猪肉、棉布等日用必需品，都要凭票才能限量购买。根据级别，我当时是行政 17 级，每月虽然多给了几斤黄豆，但是生活依然艰苦，经常饥肠辘辘，步履维艰。只好到处寻找可吃的东西。我家把院里的榆叶、榆钱和野菜等都找来充饥。我的 11 岁儿子也加入排队购物的行列。我还在住宅

院内的有限空地上，开垦了一块菜地，种点白菜、小葱、大蒜。妈妈还养了一只母鸡下蛋，用以补充营养，填肚允饥，紧紧巴巴地过日子。

1966 年 5 月，中共中央政治局通过的《五一六通知》，揭开了“文化大革命”的序幕。6 月初，“破四旧立四新”，开始了社会大动荡。运动如火如荼，风云激荡，经济崩溃，人心惶惶，最后演变成一场“给党、国家和各族人民带来严重灾难的内乱”，使整个国家陷入长达十年的停滞状态。

我所在的单位中国科学院哲学社会科学学部，也就是在这个时候，即 1966 年 6 月，在首都剧场召开学部大会，动员进行“文化大革命”。学部的“文化大革命”正式开始。

同北京的诸多单位一样，近代史所的革命派小将们打着捍卫毛主席的旗号，大肆推行个人崇拜，煽动不明真相的群众进行“夺权”“武斗”，批斗和迫害领导干部、专家学者，甚至抄家、游街，横遭野蛮地迫害，从而使整个社会陷入动乱，人心惶惶。

同年 12 月，中央向学部及所属各所派来了工宣队和军宣队，进行了一些整顿工作。

到 1970 年夏，我随同近代史所绝大部分人员一起，去了河南息县的五七干校。按照部队编制办法，近代史所和考古所编为一个连队。进干校以后，把两个所里被打倒的走资派和有问题的学术权威等十多人，如黎澍、刘大年、李新、丁守和、邹念之、夏鼐、苏秉琦、马得志、高广仁等，编为一个班，派我担任班长，与他们“共患难”。人们都戏称这是一个“牛鬼蛇神班”。全班人员每天在新建筑的平房门上刷刷油漆，或者坐着马扎打麻绳，做些简易劳动。每当连长连燎原来检查工作时，我就让他们认真干活；连长离开后，大家就坐着天南地北地聊天。

当年秋季，我患了牙病，疼痛不已，只好请假去息县的县医院治疗。一个医生检查后，认为应该把坏牙拔掉。可是他打麻药拔掉一个牙后，依然疼痛不已！难以想到是，他竟拔掉了靠近坏牙处的一个好牙，坏牙丝毫未动。庸医伤人之苦，我是亲身经历了，真是令人哭笑不得！

1971 年 1 月，学部干校离开息县，搬到信阳明港军营。7 月，我同大家一起结束了近一年的五七干校生活，从明港回到北京。

三、初步探究孙中山事业

1972年，在近代史所开始从事孙中山研究工作

正是基于崇敬、尊重孙中山的丰功伟绩，我长期对他的业绩有着浓厚的兴趣，从参加《五四运动史》这一课题不久，就开始涉猎有关孙中山的史籍，着手收集和整理史料，对孙中山的生平事迹、思想理论和精神人格等，逐步有了深入的了解。十年动乱之后，随着政治局势的稳定，科研工作逐渐恢复，我也就专心投入研究孙中山的工作之中。

当时，我有一个理想，想通过长时间的努力，将来能够成为孙中山或者民国史的研究专家，实现自己的学术抱负。正是基于对伟人孙中山的景仰与崇拜，我才逐渐走上终身研究孙中山的道路。

众所周知，孙中山是中国民主革命的伟大先驱，是杰出的爱国主义者和民族英雄，是对近代中国的历史发展起过巨大推动作用的革命家。他推动了 20 世纪中国的历史性剧变，曾经站在探索“中国道路”的起点，第一个响亮喊出“振兴中华”的口号，开启了中华民族复兴历程的闸门，并在政治思想、理论方面留给后人许多值得回味和思考的历史遗产。他以丰功伟绩和杰出思想奠定了自己的历史地位，其所起到的影响和作用，是无人可以替代的，也是经得起历史检验的。所有爱国的中国人都是孙中山事业的继承者，他的英名在中国人民的心目中已经成为中华民族的一个伟大象征，是增强中华民族凝聚力的一面旗帜，鼓舞着一代代的志士仁人。长期以来，孙中山一直是史学工作者重点研究和亿万人民关注的人物，孙中山研究已经逐步形成一个独立的史学分支学科“孙学”，并逐渐成为一门显学。

追溯起来，对孙中山的研究，早在其在世之时就已开始。1903 年出版的《荡虏丛书》之一的《大革命家孙逸仙》（1906 年易名为《孙文历史》）一书，开孙中山研究之先河。这本书是黄中黄（即章士钊）从日本人白浪庵滔天（即宫崎寅藏）所著《三十三年之梦》（又译为《三十三年落花梦》）一书中摘录有关孙中山革命事迹的内容编译而成的60页小册子。书中简要介绍了孙中山投身革命至惠州起义的历史，指出："孙逸仙者，迄今谈革命之初祖，实行革命之北辰，此有耳目者所同认。"该书出版后，不胫而走，广为传诵，国内不少人读后有了更清楚的认识，"有孙逸仙而中国始可为"，"谈兴中国者不可脱离'孙逸仙'三字"，于是推崇、归心孙中山者日众，"热烈之志士时时有一中山先生印象，盘旋牢结于脑海，几欲破浪走海外以从之，不能得，则如醉如痴，甚至发狂"，从而对辛亥革命的思想发动和传播孙中山的革命主张产生过颇大的积极影响。有学者甚至认为该书的"刊行，终于完成了建立民国之大业"。这一说法可能有些夸大，但该书有着巨大影响却是毋庸置疑的。当时，此书甫一出版即被清政府查禁，与同年出版的邹容的《革命军》一起被列为禁书。

1912年中华民国建立，孙中山研究开始逐渐发展。我在2003年写过一篇文章《民国时期的孙中山研究》，对1912至1949年这38年间出版的孙中山研究著作和资料图书做过一个统计，共1780余种，其中孙中山的著作（包括全集、文集、选集等）有242种，阐释孙中山著作的图书有287种，研究专著（包括生平、事业、经济、政治、哲学、社会、军事、法律、文教、思想等）1150余种，传记、简史72种，年谱15种，墨迹、画册12种，还有文学作品3种。此外，在报刊发表的论文、文章860多篇。

1912年民国建立到1925年孙中山逝世期间，涌现了一批研究孙中山、三民主义，以及与孙中山相关的各种文集、资料之类的书籍。比如，高尔柏和高尔松的《孙中山先生与中国》、陈安仁的《三民主义之连环作用》、甘乃光的《孙文主义大纲》、范体仁的《中山先生之生与死》、伍达光的《孙中山先生评论集》，以及多种版本的孙中山传记等，都是一些孙中山本人的著作和有关孙中山的小册子，整体研究呈现粗线条、轮廓式的特色。书中论述比较简单，多为节录报刊摘编而成，往往流于资料罗列，比较粗疏浅薄，并且基本上还是从政治上纪念和评价孙中山，属于介绍性质的通俗读物，仅有个别著作渐有学术性。

1927年南京国民政府成立，与此后1940年国民政府通令全国尊称孙中山为国父活动的推动，孙中山研究进入快速发展时期。这一阶段的孙中山研究，主要有三个特点。

其一，除有更多的个人著述外，一些机关团体和官员也加入这一行列，从民修书发展到官修书。如中国国民党中央宣传部于1941年编写了《孙中山先生年谱》，教育部教科用书编委会于1941年编写了《三民主义问题》等。此外，还先后创办了一些有关孙中山的学术刊物。比如，孙科于1934年创办《中山文化教育馆季刊》，陈布雷于1940年创办《三民主义半月刊》等，其中有不少是与孙中山研究相关的论著，都直接或间接地对孙中山进行了研究。

其二，在征集、整理和出版孙中山著述的文献资料方面，也取得了颇大的成绩。在先后出版的近200种有重要文献价值的孙中山全集、文集和选集中，具有代表性的有吴拯寰的《孙中山全集》四册、胡汉民的《总理全集》五册和黄季陆的《总理全集》三卷等。这一工作为研究孙中山思想和革命活动提供了依据，奠定了进一步发展的基础。

其三，研究领域明显拓展。各种形式的孙中山研究著作纷纷印行，较前一阶段有大幅度的增长，并陆续出版了若干较有分量、具有较高学术价值的巨幅专著。比如，罗香林的《国父之大学时代》、陈安仁的《孙先生之思想及其主义》、许师慎的《国父〈革命缘起〉详注》、美国人林百克（Paul Linebarger）的《孙逸仙传记》等，均具有重要的参考价值，为当时乃至今日历史学界所重视。

林百克的《孙逸仙传记》是较好的著作之一。

全书把孙中山历史分为10个部分，共34节。作者曾追随孙中山多年，为撰写该书还和孙中山在上海等地“同居一室”，共同“费了许多日子搜集资料”。由于得到孙中山及其家属和其他革命党人的帮助，使用大量口述资料，引述许多“中山先生口述的童年时代的故事和所经过的重大政治事件”，对孙中山少年时代的生活和家庭情况叙述颇详，并且文字生动，描写细腻，引人入胜。特别是对孙中山联俄、容共一事，议论亦尚平允。该书1926年出版后曾不断再版。它的最大缺点是，在分析孙中山的革命思想时，往往归之于宗教神学的启示，力图把孙中山塑造成一个天生的革命家，充满了荒谬的唯心史观。

此外，还有罗香林的《国父之大学时代》，书中大量使用了孙中山在香港西医书院读书时的许多原始资料，如西医书院学生注册簿、学生成绩簿，法医学、公共卫生学、妇产学、外科学、医学等课程考试成绩单与第一学年各科分数表，以及当时香港《德臣西报》《南华邮报》等的报道，并经过认真排比、考证，写得相当扎实，对研究孙中山的早期活动、医术和反清革命思想，有着重要参考价值。但该书在某些史事的叙述上不够缜密，如对孙中山的学位说法不一等；某些问题论证失当，如对孙中山入香港西医书院的时间及修业年限等；并存在像当时其他孙中山著作一样的无限拔高孙中山思想的通病。

高良佐的《孙中山先生传》，注重整体，叙事比较确切扼要，剪裁适当，条理明晰。作者不专囿于局部的材料，广泛搜集中外大量的资料，并经过认真考订，在完成孙中山世系、兴中会等专题研究后成书，基础较为深厚。不足之处是，引用资料多未加标注，难以稽考；下限写至 1912 年，未能续完全书。

胡去非编的《总理事略》和许师慎编著的《国父〈革命缘起〉详注》两书，也写得比较严谨。作者长期致力于史事考订，用力颇勤。它们的特点都是以孙中山《建国方略》中的《有志竟成》(即《革命缘起》)一书为纲、以史事为纬编写成书。这两本书是民国时期我国史学界写孙中山传记时共同奉行的注经式传记写法的代表作。

当然，民国时期的孙中山研究也存在一些问题。综观这一时期孙中山研究者的著述，数量不可谓不多，但在指导思想、研究方法和学术质量方面，存在的问题亦不可谓不少，主要表现在下述诸方面。

第一，由于国民党正统史观的指导，把孙中山神化为至高无上的偶像，似乎孙中山的伟大气质和革命思想与生俱来，且一直没有发展变化。

在一些学者，特别是官方或带有官方色彩的研究者的论著中，几乎都把孙中山个人作为中心，充满英雄史观和国民党正统史观的气息，不能从孙中山的活动中看到历史发展的要求，看到一个时代的状况，体察不出时代跳动的脉搏，缺乏历史感和时代感，造成孙中山的活动与时代脱节，同政党和群众分离，其思想发展似乎毫无规律可循。

民国政府成立之后，一些学者出于辛亥革命后政潮迭起、派系纷争的变化，以及政治斗争的需要，有意抬高孙中山的地位，于是不顾历史真相给予许多溢美、拔高之词。如把孙中山描述为从小就是一个具有伟人气质的神童，形容孙中山“幼时，体颀貌端，气度温和，有若书生。而魁梧英武，使人见之生畏”；还认为“先生之生也，体颀貌端，绝似杨太夫人；气度温和崇厚，对人慈悦若亲，勇于作事，无不良嗜好，又极类道川公”。因此，他“貌像娘，贵极品；性如爷，位极顶”，是位天生的伟人，并明确指出，孙中山“幼时所为，多令父老咋舌，盖具革命性早已显露矣”。另外，还有从翠亨村周围的地理环境和“风水”来解释孙中山这一历史伟人之所以能够产生等，神化孙中山，把他树为偶像。无怪乎多年之后，还有人为文慨叹地说：在国民党统治下，对于孙中山那

“多姿多彩的一生都不甚了了。我们所知道的多只是止于宣传的一些神化。到现在我们还没有读到一本生动的、完整的、百读不厌的”孙中山传记。

孙中山确是开创了新的历史时代的一代伟人，但他也和任何杰出的历史人物一样，都是社会和时代的产儿。因为孙中山的伟大功绩，就把他神化，甚至奉为神圣的偶像，加以膜拜讴歌，这与离开历史实际和时代条件，贬低乃至忽视、否认他在历史上所起的巨大作用和对中国人民所做的伟大贡献一样，都是非科学的。史学的生命和力量所在是翔实可靠，远离真实的研究成果是不可能有价值的。

第二，出于反动的政治需要，掩盖或歪曲孙中山晚年的思想发展，曲解三民主义学说，无限夸大“革命程序论”和“权能区分论”。

从国民党“一大”到孙中山逝世，是孙中山一生中最光辉的时期之一。在此期间，孙中山革命思想有了重大发展，他主张“联俄、容共、扶助农工”，首创国共合作，呕心沥血于国家的统一大业，伟绩煊赫，利国利民。

然而，由于孙中山逝世后国共两党的分裂和对立，以及国民党建立的政权在意识形态方面对苏俄、中国共产党抱敌视态度，使孙中山晚年的思想、理论和革命实践，成为孙中山和国民党党史研究中一个忌讳的话题，成为“禁区”。在很长时期内，在孙中山研究的大量论著中，对孙中山晚年的辉煌史，不仅罕有专门的论著，而且对这段历史或语焉不详，或只字不提，甚至肆意歪曲事实。如提出孙中山认为共产党人“能积极活动，若使之游闲党外，恐有碍于国民党之工作，乃允许而容纳之”[1]，又说孙中山因为共产党人“声明服膺国民党的主义，所以很宽大的容纳了他们”[2]。并且，对于与此有关的资料，如孙中山的宣言、函电等亦极少披露，在颇有分量和影响的胡汉民编的《总理全集》中，连《孙文越飞联合宣言》这样的重要文件都没有收录。

三民主义是孙中山揭橥的政治理论基础和行动纲领，比较完整地反映了孙中山的思想体系，并在中国历史上产生了巨大影响。因此，这也就很自然地成为研究孙中山的一个备受关注的课题。在民国时期，很多学人纷纷从不同角度对它进行研究，出版了一大批有关论著。其中最突出的有胡汉民的《三民主义与中国革命》、戴季陶的《孙文主义之哲学的基础》、

1　胡去非：《总理事略》，商务印书馆，1937年，第260页。

2　蒋星德：《国父的一生》，军事委员会政治部，1940年，第348—349页。

周佛海的《三民主义之理论的体系》、叶青的《三民主义与民主政治》、崔书琴的《三民主义新论》、刘炳藜的《三民主义与中国革命》和杨幻炯的《三民主义概论》。这些著述研讨的角度虽有不同，做出的解释和说明也各异，见仁见智，互有分歧，但几乎都把孙中山打扮成尧舜禹汤、文武周公、孔子以来的继承者，其为反马克思主义服务的意图则是一致的，因而在中国思想界曾产生过不良影响。学术研究旨在探求真理，为了政治目的而不面对现实、不面对真理，所做的解释和说明也只能是歪曲和谬误，这是为识者所不取的。

“革命程序论”是孙中山为实现资产阶级民主政治所设计的方法和步骤，将程序划分为军政、训政、宪政三个时期，循序以进。“权能区分论”是孙中山把人类区分为先知先觉、后知后觉、不知不觉三种。“权”与“能”因人的不同而“区分”，是对人民群众的偏见。它在理论上的主要错误是天才论和英雄史观，把“权”与“能”机械地加以分割（所谓“有权无能”和“有能无权”），在人民和政府之间挖掘了一条鸿沟。林桂园的《国父政治思想体系》、何会源的《孙宪精义》、黄旭初的《民权主义概要》、张铁君的《民权主义与新民主主义》等书，以及相当多的论文中，在此“两论”问题上使学术研究过多地受现实政治的影响，存在着从某些政治原则出发做简单逻辑推理的毛病。它们甚至利用和夸大“两论”中的消极因素及理论弊病，为蒋介石强化专制独裁的法西斯政权寻找理论根据，使之能打着“万能政府”的旗号，将全国人民置于“阿斗”的无权地位，借以剥夺人民应享有的权利。这种研究方法，全在迎合政治形势，论述畸轻畸重，缺乏实事求是的精神，对孙中山研究造成了极大的危害。

第三，缺乏深入研究和理论探求。

几乎所有的论著，特别是孙中山的传记和生平著述，多属于史事概述，以传录孙中山的事迹为主，很少涉及当时国际、国内的重大事件，没有把孙中山同他当时所处的历史环境结合起来进行考察；体例也几乎是各家一致，采取平铺直叙的方式，仅摆出一大堆历史现象，流于资料罗列，类如长编记事，缺乏进一步的研究，未能进行深入的理论分析。其中，更有不少是国民党人出于某种政治需要和历史偏见的应景、应时之作，其内容乃至文字颇多雷同，缺少创见和新意。即使是在具有较大参考价值的著作中，也由于作者仍不免囿于党派见解，甚至带有某种官方色彩，从而局限了他们的学术成就。还有，绝大多数著作都没有注明史料来源，已注明者也明显地看出史源不足。因此，它们虽保存和整理了某些方面的史料，却很难说是科学和严谨的学术著作。

回顾民国时期对孙中山的探索和研究，38 年间出版的有关孙中山的著述中，种类最多的还是介绍孙中山事业、思想和活动的各种传记、生平及有关三民主义的书籍。从学术水平而言，基本上是处于研究的初级阶段，较为单薄，并且存在一些问题。但是，我们应该看到，这些也为时人与今人乃至后人提供了某些借鉴和参考。例如，在处理现实性与科学性的问题上，就有颇大的启发和借鉴意义。

我们从当时的研究者和研究对象的时代范畴来说，孙中山研究是属于当代革命领袖人物的研究。在南京国民政府实现全国统治后，孙中山研究基本上又被纳入国民党党史的范畴，为蒋介石集团宣扬其政治正统观服务。不少史书削足适履，掩饰篡改，以致往事面目皆非，背离历史真相。在研究目的上，较多地从政治需要出发。在研究内容上，与现实问题密切结合，甚至把历史与现实熔为一炉，以历史论证现实，为现实政治斗争服务；更有甚者，为着现实政治需要，突出现实性，只注意适合需要的材料，不是全面地占有和研究材料，却忽略乃至违背科学性。正由于孙中山的研究具有很强的现实性和政治性的特点，这在一定程度上为蒋介石集团的巩固起了作用。毫无疑义，学术研究当然要关注现实，服务现实，努力发挥学术研究为现实服务的功能，这一取向是没有问题的，是值得肯定的。但如何把现实性与科学性很好地统一起来，从民国时期孙中山研究的现象观察，确实存在着不少问题，其经验和教训值得引以为鉴。

新中国成立后，在新的历史环境和以马克思主义理论为指导的话语体系之下，孙中山研究的面貌有了新的变化。

事实上，早在20世纪40年代以后，陕甘宁边区就已经出现了用马克思主义理论研究孙中山的著作。当时，延安和大后方一些认真严肃的马克思主义学者，尽管为当时种种客观条件和环境所限制，但还是以实事求是的科学态度，从各个角度对孙中山进行专题研究，并做出了一定的成绩。如胡绳的《孙中山革命奋斗小史》、何干之的《三民主义研究》和侯外庐的《三民主义与民主主义》等，程度不等地对后来（包括新中国成立后）的孙中山研究产生了深刻的影响。特别是篇幅仅72页的小书《孙中山革命奋斗小史》，运用历史唯物主义的观点和方法，着眼于中国革命的整体，把孙中山的革命活动放在当时国际、国内的政治环境中分析考察，指出其一生各个阶段的特点及其中所包含的弱点，写出了孙中山在中国民主革命新旧转变阶段不断奋斗前进的可贵精神。该书是运用马克思主义革命理论研究孙中山革命活动的最初尝试，属于开创性成果，对新中国成立后的孙中山研究有一定的启发意义。

新中国成立后，学人对孙中山的生平、思想和革命实践等各个方面进行了研究和探讨，出版的专著、论文成倍增加。据粗略统计，1949 年新中国成立后，仅中国大陆出版的有关孙中山的研究专著、译著、资料汇编和相关图录等就有 600 多本，发表在报刊上的文章、资料等多达千篇。并且，作者队伍日益壮大，还在广东省社会科学院和中山大学成立了两个专门的研究所，在北京、上海、天津、广东、江苏、福建等省、市和中国国民党革命委员会、中国宋庆龄基金会等单位成立了数十个研究学会或研究中心，汇集了众多研究人员。半个多世纪以来，中国大陆的孙中山研究虽然成果丰硕，但是发展道路却颇为曲折坎坷，如同整个中国近代史学科一样，一直在随着新中国的政治和社会生活的变动而变动。

1956 年，毛泽东的《纪念孙中山先生》一文，对孙中山在中国民主革命中的功业和对后世的影响给予了高度评价和赞扬。与此同时，其他老一辈无产阶级领导人也做了很多相关的深刻论述。1961年举办的大规模的“纪念辛亥革命50周年学术讨论会”活动，特别是“百花齐放，百家争鸣”的方针重新得到贯彻，既激发了学者们的研究兴趣，也有力地推动了孙中山研究的发展。在这段时期内，各种报刊先后刊登了近200篇研究和纪念孙中山的文章，出版了陈锡祺的《同盟会成立前的孙中山》和王学华的《孙中山的哲学思想》两种著作，并编辑了《孙中山选集》（上、下卷）、《辛亥革命五十周年论文集》等论文集或资料集。但这个阶段的研究，总的来说，还是初步的，是粗线条、轮廓式的，大量的问题仅仅提了出来，还没有来得及做深入的探讨；有些重要问题，如孙中山晚年思想的重大发展和第一次国共合作等，尚未涉及，存在很多空白点。

尽管如此，对孙中山的研究仍然取得了一些成果，例如对孙中山的早期革命思想的形成和革命活动，以及孙中山的三民主义和哲学思想的形成、基本内容、发展过程等问题，还是进行了比较深入的研究和探讨。

在孙中山早期思想方面，多数研究者认为它是革命与改良的混合体，既含“排满”的成分，又寓维新变法的因素。但是，在改良因素和革命因素何者占主导地位的问题上则有争论。有的文章认为，1895 年前“改良主义思想仍然是主要的”。持异议者的文章则说，孙中山要求革新政治，发展资本主义，“在当时是一种进步的思想，虽含有改良主义成分，但已脱离了改良主义的范畴，产生了革命的要求，不能因为其某些思想与改良主义者类似而断定他在甲午战争以前还是一个改良主义者”。至于孙中山走过的道路，共识是从改良到革命，但对其革命思想的确立时间则意见不一：一种观点认为，1895 年前孙中山已初具反清革命思想，兴中会的成立和革命纲领的提出，便是他“革命活动的开始”；另一种观点则说兴中会成立时其“革命思想比改良思想占了较大比重”，但直到 1900 年惠州起义，“他思想中的革命因素才处于压倒性的主体地位”。

在三民主义方面，学者们赞同毛泽东对三民主义的定性，认为它是中国近代史上第一个比较系统、明确的民主革命纲领，分旧三民主义和新三民主义两个时期。但在分析、阐释其形成、内涵和意义时，却存在着不少歧见，主要表现在这样几个问题上：孙中山在辛亥革命时期有无反对帝国主义思想；如何认识孙中山倡导的“大亚洲主义”；对“五权宪法”和“建国大纲”政治纲领怎样评价；“平均地权”的思想渊源及产生缘由等。

在哲学思想方面，研究者较为一致的认识是，孙中山的哲学思想既庞杂而又充满矛盾，含有不同程度的辩证唯物主义因素，但是究竟是以唯物主义还是以唯心主义为主，观点则不一。有的论者认为，其“紧紧接近于唯物主义，虽有唯心主义成分毕竟是次要的”。这鲜明地体现在他的方法论、自然观和认识论，以及社会历史观——民生史观上。而有的论者则说，他的唯物主义思想和辩证法因素并未占到主导地位，这体现在世界观是二元论的，或者说是在唯物主义和唯心主义之间摇摆，“时常倾向于唯物主义的发挥”。应该说，这方面的研究还只是刚刚开始，还有待于进一步开展讨论。

上述三个方面的研究和探讨，相对来说比较深入，也提出了一些很能发人深省的问题，从而为学者们以后的继续深入研究开辟了航道、奠定了基础。

在“文化大革命”中，一切正常的学术活动都受到破坏，孙中山的研究在这种扭曲的大环境中也随之横遭压抑，完全陷于冷漠枯寂和停滞状态而无所作为。在这十年间，仅有6篇有关孙中山的文章，6篇中除了宋庆龄的《孙中山——坚定不移、百折不挠的革命家》一文之外，其余的大多都没有正确的论述，更缺乏学术性。

“文化大革命”结束，特别是中共十一届三中全会之后，中国正式进入改革开放时期，由于研究环境宽松，广大研究工作者精神上获得了很大的解放，从而开创了史学研究的新局面，对孙中山的研究也开始从反思走向复苏和发展。

以 1979 年孙中山和辛亥革命学术讨论会及 1981 年纪念辛亥革命 70 周年学术研讨会为契机，继之受 1986 年纪念孙中山 120 周年诞辰的孙中山研究国际学术研讨会推动，孙中山研究枯木逢春，并日渐升温，逐步高涨，一个研究孙中山的热潮随之出现在神州大地上。专著如拙著《孙中山传》、张磊的《孙中山论》、刘华兴的《孙中山先生思想论稿》、李时岳和赵矢元的《孙中山与中国民主革命》、萧万源的《孙中山的哲学思想》、韦杰廷的《孙中山哲学思想研究》等相继问世，大量的论文、档案资料、回忆录等纷纷发表。据不完全统计，十几年中出版专著近 30 部，为新中国成立后 17 年总和的 10 倍；发表论文 1200 余篇，为过去总和的 6 倍。这一时期孙中山研究出现了热烈的气氛，呈现出空前高涨的新景象。

从已出版的专著和发表的论文中可以看出，对孙中山的思想和活动等许多方面的研究，都有新的开拓和新的进展，质量有很大的提高，研究的广度和深度也有明显扩大和加深。例如，注意到了研究孙中山在辛亥革命后所进行的二次革命、护国运动、护法斗争以及他丰富和发展了三民主义等方面的问题；对孙中山倡导的“社会革命”和实业建设，对他在中华革命党时期的表现和历史作用，特别是原来异常薄弱或过去忽视的课题，如第一次国共合作时期的许多重要问题，都进行了有益的探讨，取得了比较丰硕的成果，填补了一些空白。中外学者对此多有赞誉之词。研究者还撰文论述孙中山与共产国际、中国共产党的关系以及有关的事件和人物，并做出较过去更为深入细致的个案研究，且敢于畅抒己见，展开讨论，使孙中山晚年的思想发展脉络比较清楚地呈现出来。又如，随着国内外学者对中国资产阶级研究的逐步深入，关于孙中山和他代表的阶级的研究，也较以前有明显的进展。至于有关孙中山和他同时代一些重要人物的研究，像黄兴、宋庆龄、廖仲恺、何香凝、章太炎、宋教仁、邓演达、蒋介石、胡汉民、汪精卫等，以及日本的宫崎寅藏、梅屋庄吉等，都进行了不同程度的探讨；对孙中山活动的对立面，像清政府、立宪派、南北军阀、帝国主义等课题的研究，也有加强的趋势。

无疑，这将极大地有利于拓展研究孙中山活动的社会历史领域，进而客观、公正地论述和评价孙中山，从而打破了长期存在的以“孙中山为中心”的陈旧框架，解除了正统史观的束缚。

在孙中山思想研究方面，表现得更为系统和深入。课题也较过去广泛，特别是有关孙中山哲学思想的研究出现了新的气象。学者写出了许多探讨孙中山哲学思想的学术论文和专著，在一些问题上展开讨论，取得了许多有益的成果。研究的重心已从辨析其属性拓展到对具体内容的探析。研究者较过去进一步探讨了“生元说”、物质和精神的关系、知行观以及民生史观。对其中的唯物和辩证因素做了更多的发掘，提出了有异于传统观念的新研究，较以前详细地探究了三民主义的具体内容，从而说明了三民主义是当时最先进、最科学的思想。这种实事求是的研究，有助于人们真实地认识孙中山的思想。

在家世源流问题上，孙中山的祖籍究竟在何地？1949 年以前即存在“紫金”与“东莞”两说。有论者以大量可靠的文物资料证明罗香林的“紫金”说不能成立，认定翠亨孙氏是源出于东莞。至于孙中山是否是客家人，也是一个长期以来颇有争议而迄今又尚未完全认识一致的问题。肯定者与否定者各抒己见，进行了深入的专题探讨，发表了一些针锋相对的文章。应该说，有的论者根据各种资料考证所得出孙中山不是客家人的结论，是符合历史事实的，是可信的。

这一阶段的论文，还探讨了过去尚未论及或论述较少的孙中山的三大政策、军事思想、法制思想、经济思想、教育思想、妇女解放思想等，并提出了一些新问题、新观点。

综上所述，我较为详尽地梳理了近百年以来，我国对研究孙中山这一人物的历程，以及其成败得失。从而，促使我进行研究孙中山有了更为清晰的认识。鉴往知来，这些坚定了自己无论从理论上或现实意义上，都需要花大力气进行研究，进行宣传和学习，以便更好地继承和发扬他留下的宝贵精神及不屈不挠的革命斗争精神。

正是基于上述认识，研究孙中山就成为理念的归宿，促使我专心致意地阅读有关孙中山方面的书籍和查阅档案材料。除积累了一些资料和专业知识外，进而逐步探索了这方面的有关问题，并陆续写出了历史小丛书《孙中山》和《孙中山在近百年史中的光辉业绩》等篇文稿。从那时开始，就全力涉猎有关孙中山生平、思想和革命活动的史籍，收集和研究史料，撰写专题文章，专心致志地研究孙中山这位巨人。

1978年春，在上海孙中山故居查阅史料，休息时与同事在故居院子里留影

研究孙中山是我研究中国近代史的起点。从踏上这一道路开始，我便与孙中山结下了一生的不解之缘，成为我精神依托，孜孜不倦地向前奔走。

科学研究工作是为探索真理所进行的艰苦劳动，长期的积累资料和深入细致的考核资料，便是科学研究的一项非常重要的工作步骤。史学研究要在占有丰富史料上下功夫，这是最基本的条件和要求。我深感在这方面，没有捷径可走。只有甘心坐冷板凳的勤奋治学、千读不倦，才能攀登科学高峰。急功近利或图省事、少费力、找“窍门”等，都是不行的。

学术研究又是一项寂寞的事业。在大多数情况下，是学者的个体活动，要有安于孤独寂寞的决心。应该清醒地认识到，任何科研工作都没有平坦的大道，它总是道路曲折、困难丛生，并且寂寞情绪也会不时地进行干扰。

我有幸在学术氛围甚浓的近代史研究所工作和生活，有近十年的时间，全家就住在研究所内黎元洪任大总统时的会客厅八角亭下，又有幸和首任所长范文澜先生及颇多造诣很深的专家学者相处很久（和范文澜相处有 13 年时间）。范老孜孜不倦研究学术的可贵精神，和他常讲的“板凳须坐十年冷，文章不写一字空”的治学格言，以及他在研究所内外多次提倡的坐冷板凳和吃冷猪肉的二冷之说，劝告研究工作者要苦干慢来，要安于寂寞，不慕虚荣，要埋头苦干，不急于求功。另外，所里专家们勤奋治学的模范行动，深深地教育了后学。我在稍有倦意或遇有困难的境地时，就常以范老倡导的话、专家们的言行，以及个人所体会到的一些治学道理鞭策自己，不敢消极泄气，并得以重新振作起来。中间虽然经过曲折起伏，终能屡仆屡起，一直坚持前进。从我走上研究孙中山的道路后，孜孜矻矻，锲而不舍，从未停止过对孙中山的研读与探索。

新中国成立后的一段相当长的时期中，如前面

“频繁的政治运动”一节中所述，由于极“左”路线的影响，政治运动接连不断，“文化大革命”的动乱竟绵延了十年。当时，思想改造、上山下乡、“四清”和“批资”等各种政治运动，无不干扰着我的学术研究，经常时断时续，无法正常工作。尤其严重的是，在“兴无灭资”的口号下，竟视伟大的民族民主革命家孙中山为“牛鬼蛇神”“资产阶级的老祖宗”等，极尽否定与污蔑之能事。而对于从事孙中山研究工作者，则认为不仅走的是“白专道路”，而且是在为资产阶级涂脂抹粉、鸣冤叫屈，属于严重的政治问题。严峻的政治氛围，给了我极大的精神压力，造成著作既不能发表和出版，正常的研究工作也无法进行，只能处于“地下”状态，找空子偷偷地一点一点地钻研和学习。

然而，我顶着压力，只要一有机会，便千方百计地继续被迫中断了的研究工作，绝不停滞不前。

对于资料的收集，我一直不敢懈怠。不管什么时候，有关孙中山研究的片纸只字，都随时手抄成卡片，并分门别类汇集，锲而不舍，一直到今天。

我家藏书有上万册，摆放在十八个高到房顶的大书柜里。书架上还放着五个大小不一的卡片盒，盒内存有两万多张长短不一的手写卡片。它们分门别类地排列着，都是有关孙中山的文献摘录。往往一件事，就摘引好几种文献。有的相互抵牾，录以备考；有的相互补充，录以并存。我幼年生长在农村，没有学过汉语拼音，不会使用电脑，只能爬格子，只能用手写方式进行工作。看那字迹，一律是蝇头小楷，颇为工整。我在浩瀚的文献中，钩沉刊谬，别误抉奇。这些卡片是我经过长期日积月累而逐渐完成的。

毋庸讳言，在我研究孙中山的过程中，并非一帆风顺，也曾经历过一些崎岖曲折的难行路。回顾60年代前后的史学研究确是多灾多难，中国当代的知识分子是在一个很不正常的环境中生活和工作的。人人都会遇到不少坎坷和风雨，走过一些崎岖曲折的难行路。对于四处搜寻资料之苦，是工作的需要，我都能够担当。只是曾有一件事情，让我很受折磨，使正常的工作遭遇颇大的影响。

那是在1982年9月间，当我与出版社定了合同，正在撰写有关孙中山一书时，一个所领导兼民国史研究负责人，硬要我参与撰写《中华民国史》的工作，允许我自己另外物色两个学者（所内外的人均可），组织一个班子，负责该书第二卷的撰写事宜。我由于正在进行手头的工作，无法分身，便婉言谢绝了。他却坚持己见，毫无商量余地。我们两人经过几次交谈不成后，他非常生气，大发雷霆后，便想方设法地为难和排斥我，声称要调我出近代史所，并举出历史研究所一位学者调到山东大学后，做出了很好成果为例，软硬兼施地设法调我离开自己喜爱的近代史研究所。这使我在相当长一段时间里，心情低落，工作停顿。这件事后来虽不了了之，但使我在心理上和工作上一度遭受不安；虽对我有短暂的影响，但我不改初心，依然把整个身心放在孙中山的学术研究工作上。

1972 年春，我从河南五七干校返京后，近代史所开始组建中华民国史研究室，最初只有十多人，我被分配做人物研究工作。对民国时期各个方向的重要人物，从知名政客、工商界巨擘到专家学者，都要写传。我被分配到“民国人物传”这个小组，侧重于政治人物方面。基于过去对民国时期非常显赫的人物孙中山的爱好，就从《孙中山传略》开始，先后陆续撰写了《孙中山》《廖仲恺》《何香凝》《朱执信》《喻培论》《邹容》《陶成章》《吴樾》等八篇传略，共 6 万多字，分别发表于《中华民国史资料丛稿（人物传记）》第 1 至 5 期。后来，他们分别收入《民国人物传》的第一、二卷中，由中华书局于 1978 年 8 月和 1980 年 8 月出版。其中，《孙中山》一文由日本明治学院大学教授横山宏章译为日文，在日本出版。

1973年，民国史研究室同仁在办公院落里合影
（前排中间是时任室主任孙思白，他的右边是我）

在此时期，我又和北京、广州、武汉的同好张磊、刘望龄、黄彦、段云章等人一起，有三四个月先后常住在广东中山市翠亨村孙中山故居和中共广东省委党校，从事收集孙中山的资料。与此同时，我们又共同协商编纂《孙中山全集》和《孙中山年谱》两书的相关事宜，并进行了分工，由近代史所民国史研究室、广州中山大学和广东社会科学院三家分别承担一部分，共同完成该两部书的编纂工作。后来该书由中华书局出版，为开展孙学研究奠定了基础。

十一届三中全会以后，迎来了科学的春天，史学研究也获得顺利发展的时机。我经过长时期地全力努力奋斗，撰写了一本10余万字的《孙中山传》，在1979年3月由北京出版社出版。这是新中国成立之后第一本完整的孙中山传记，填补了这一领域的空白。

这部传记写在“文化大革命”期间和动乱刚刚结束之际。十年动乱中，极“左”思潮造成对孙中山持全盘否定和批判的态度，对其不可避免的某些历史局限性无限上纲，甚至还把一些污蔑不实之词加在他的头上。如研究孙中山会被扣上“政治帽子”，从而使我们的干部、群众和众多的青年人，对于孙中山没有一个正确的认识。而史学界也正处于大创初复、百废待兴阶段，没有一本适合于改变这种情况的书。我撰写这本传记的目的，主要是希望用历史阐明孙中山的宏伟业绩和爱国主义精神，以求拨乱反正。

在这本书中，我试图用历史唯物主义观点，对孙中山一生的革命实践和革命思想进行论述，其中着重论述他推翻帝制、创建民国和开辟国共合作之路的历史功绩。在论述时，将孙中山的思想和实践放在特定的社会历史环境中去阐述，把他的活动同民族斗争和阶级斗争密切结合起来进行分析，并注意处理好他同政党、阶级和群众的关系，进而对这位伟大的革命家给予了实事求是的评价。为了突出孙中山光辉的晚年活动，这一部分占用了全书近一半的篇幅，通过运用收集到的文献资料和口碑，比较详尽地论述了孙中山在旧民主主义革命失败后所经历的苦闷和继续奋斗，终于“在绝望中，遇到了十月革命和中国共产党”，并“完成了从旧三民主义到新三民主义的伟大转变”。这样安排的目的，为的是使孙中山的革命一生得到较为完整和正确的反映。

1981 年 9 月，为纪念辛亥革命 70 周年，《孙中山传》经宋庆龄先生提供新资料、详细审阅并亲笔题签书名后，出版了修订版。当时，我虽然想撰写一本学术性传记，但因时间仓促，只着重修订、扩充了孙中山的思想和晚年活动部分，其余尚未能按原计划全部展开；篇幅虽然扩大了一倍，仍留有个别重要问题论述得还很不充分，致未能彻底改变此书全貌。

该书先后出版过四版，六次印刷，并翻译成日文、朝鲜文及国内的蒙、藏、维吾尔、哈萨克等几个少数民族文字版，向国内外发行。

《孙中山传》出版后，在社会上引起了颇大的重视，受到人们普遍的关注和好评，产生了颇大的影响，曾经三次获奖，并成为 1895 年度北京职工读书指导委员会的推荐图书。实际上，它已经成为了解中国近代史的必读书籍，是研究孙中山的入门读物。史

1981年3月，与宋庆龄秘书杜述周一同瞻仰铁狮子胡同十一号孙中山逝世纪念室（现为孙中山逝世纪念地，张自忠路23号）

学界评论者认为，它“是解放以后30年来我国的第一部比较完整的孙中山传记”，“观点鲜明，资料翔实”，“叙事简朴”（骆驿、肖李：《评介〈孙中山传〉》，《光明日报》1981年3月29日；陈锡祺：《建国以来孙中山研究述评》，载《辛亥革命论文集》）；“他对孙中山一生做了较生动的叙述和恰当的评价”，“是一本值得一读的传记”（《〈孙中山传〉增订本出版》，《光明日报》1981年10月5日；张磊：《一本值得一读的传记——〈孙中山传〉评介》，《学术研究》1980年第4期）；“是学习和研究孙中山先生的一部较好的著作”（香港《大公报》1979 年 11 月 14 日）；国外学者评论该书是“中国大陆从 1979 年发轫的孙中山史学”[1]的开端。但内容上过于简略，“资料有待补充，重要论点尤可进一步阐发”（《建国以来孙中山研究述评》）。我自己认为，由于写作前，对孙中山各阶段的活动及各方面的思想，做分门别类地独立研究不够齐全，造成该书的缺点是：有的问题深度不足，某些重要问题尚需深入阐释；有关史料也尚待补充征引，特别是新史料，比如第一次国共合作时期的外国资料，没有全部很好地利用。因此，我在该书出版后，就开始进一步收集资料和研究，计划予以再次增订补充，力求更加充实和完备。

后来，我陆续在中外学术报刊上发表了《孙中山和首次国共合作》《孙中山建立新型军队的努力》《孙中山与国民党左派》《孙中山传记著作述评》等 20 多篇研究孙中山的论文，内容包括对孙中山各个时期的活动和思想的探讨。

1 黄宇和：《从海角到天涯：我的研究历程》，联经出版事业股份有限公司，2018 年，第 244 页。

四、与伊斯雷尔·爱泼斯坦的交往

基于我长期从事孙中山、宋庆龄等人物的研究，担任宋庆龄基金会的理事、名誉理事，参加与宋庆龄研究有关的活动和工作，因而与宋庆龄周围的人员多有交往和联系。杜述周是宋庆龄的秘书，因为工作的关系，我们长期往来颇多。他除在宋庆龄副委员长生前经常传递信件外，还在宋庆龄名誉主席逝世后与我一同参加有关宋庆龄的学术研究活动或学术会议，成为我的挚友。我们经常在一起聊天，天南地北，畅所欲言。不幸的是，他过早病逝了。同样和我成为朋友的，还有爱泼斯坦。

伊斯雷尔·爱泼斯坦（Israel Epstein），1915 年出生于波兰，自幼随父母定居中国，长期从事新闻工作。1937 年任美国合众社记者，1938 年在广州加入宋庆龄发起组织的保卫中国同盟，1951 年应宋庆龄之邀参与《中国建设》杂志创刊工作，1957 年加入中国国籍。他与宋庆龄有着长期交往的经历，是宋庆龄最信赖的朋友之一，是中国福利会理事，长期担任

《今日中国》（原名为《中国建设》）杂志总编辑。由于我们同在宋庆龄故居及基金会工作，又都是从事文字工作的缘故，我和他经常往来，谈论工作，交流心得。他曾邀我与他合作，共同编写《宋庆龄传》一书。我考虑到他一直是用英文写作，而我是用中文写作，合作有些困难，便婉言谢绝了。我同他在宋庆龄故居和《中国建设》杂志社经常会面，有时杜述周也参与交谈。我们几乎成了无话不谈的好朋友。

1990 年，我把新出版的《宋庆龄传》送给他，并请他指正。他在认真阅读此书后，给我回了一封英文长信，在信中提了一些宝贵意见。信件译文如下：

亲爱的尚明轩同志：

谢谢你送给我《宋庆龄传》，祝贺你和唐宝林同志出版该书。迟复为歉，因为我读中文很慢，还未通读全书，仅读了一部分。但我所读的部分给予我很深印象。

我认为该传记是目前最丰富的。它的优点在于史料丰富，正如人们所希望的，是从中国社会科学院的大量书籍和报纸中搜集的。就我所知，这些材料的安排是成功的、有说服力的。另一优点是史料都清楚注明了出处与说明，许多其他书

ISRAEL EPSTEIN
Friendship Hotel, Apt. 9313
Beijing 100086
CHINA

October 28, 1990

Dear Comrade Shang Mingxuan,

I have to thank you for "The Biography of Soong Ching Ling" and congratulate you and Com. Tang Binglin on its publication. My apologies for not writing earlier-- the reason is that my reading of Chinese is slow and I have not yet gone through the whole bookx -- only some sections. However, here are my impressions from what I have already read.

The biography, I think, is the fullest so far. Its strength lies in the abundance of material consulted -- which is very wide as one might expect from the access to kx book and newspaper collections available to the Academy of Social Sciences. The arrangement of the material is usually successful and the interpretations on the whole valid, to my knowledge. Another good feature is that sources used are clearly indicated and acknowledged, which has not always been the case with some other authors on the subject.

A weakness, I think, is the lack of more living material -- from interviews with contemporaries, letters and so forth. Letters enable us to hear the subject's own voice more than just what has been printed. Interviews make it possible for authors to ask questions, check what has been printed against people's memories and vice versa, and supplement printed materials in many ways, and lend many living sidelights.

There is also little or no archive material, but here the cause may be objective-- too few of our archives are open. Still, some are open, for instance in Shanghai ~~and the 2nd archives in Nanjing -- and there may be others that the Social Science~~ Academy scholars can consult.

In some places the treatment is not sufficiently careful, and tends to pad out in a literary rather than historical way. In the section on Agnes Smedley a vital part of her development is left out -- she had no early attraction to China but came to it later through almost ten years of association with the anti-colonialist movement of India. Even in a very brief account, this [illegible] (her first arrest was in New York for her association with Indian revolutionaries in World War I --on the demand of the British to the U.S. police). There is not, I think, enough factual ground for saying she was a member of the Communist Party through the Communist International (I am not sure Hu Lanqi is enough). Nor that it was she who brought Soong Ching Ling to the Noulens defense (Soong Ching Ling passed through Moscow on her way back to China and may have heard of the case there, in any case, she began to receive cables from Europe asking her help from her very early days back in China). The title of the section gives the impression that Smedley and Soong Ching Ling were constant close friends. The fact is that, after the middle 1930's, the relations between these two revolutionary women were unfortunately strained never to really recover -- and as for Smedley having been Soong Ching Ling's secretary, Soong Ching Ling specifically denied that she ever had been, in the New York Nation in 1937. This is not to deny Smedley's revolutionary spirit and outstanding contributions. Of course it is not necessary to dwell on frictions like this, they can be left unmentioned. Bmk (In this case there were problems of style of work, Soong Ching Ling was much more restrained and disciplined, and also of Smedley's not getting along with the American Party -- with resulting bad relations with the Graniches, whom Soong Ching Ling was more in harmony with.) My only point here is that the way ~~this subject~~ the Smedley section was titled ~~andxxxx~~leads on to expect a more long-term association.

Similarly on Bernard Shaw. The book says that Shaw had done so much, and in Shanghai Soong Ching Ling and other Chinese progressives were not disappointed in him. In fact, there was some disappointment. There is a transcript of the League for Civil Rights group's conversations with Shaw xxxxxx (recorded in English, evidently by Smedley) which shows that they hoped to get Shaw to make some definite statements of support to the group, etc. or give the use of his

1990 年 10 月 28 日，爱泼斯坦写给我的英文书信（一）

却没有说明这一点。

一个缺点是，我认为缺乏生动的史料，即缺乏与当代人的会谈和信件往来等。信件使我们能够比印刷品更多地听到传主自己的声音。会见可使作者提问，检查那些与人们记忆和记录有矛盾之处，并可以从多方面补充印刷材料，使之更加生动。

还有一点是缺少档案的材料。此中原因是客观的——我们的档案只开放了很少一部分。但是有些档案是开放的，例如，上海档案馆和南京的中国第二历史档案馆等，社科院的学者可以利用。

在某些地方，处理不是很细致。许多地方是文学性的，而不是历史的方法。在有关史沫特莱（Agnes Smedley）这一节，关于她成长的重要部分被忽略了——她并不是很早就被中国所吸引，而是在与印度的反殖民运动联系近十年后才为中国所吸引。哪怕是一个简短的说明，也应用几句话提及（她的第一次被捕是在纽约，因为在第一次世界大战中与印度革命者有联系，英国要求美国警察逮捕她）。我认为，没有足够的事实依据说明她通过共产国际加入共产党（我认为胡兰畦不能肯定），也不是她使宋庆龄为牛兰（Noulens）

ISRAEL EPSTEIN
Friendship Hotel, Apt. 9313
Beijing 100086
CHINA

-2-

as but that he dodged, in his usual joking way, any move in this direction, although he spoke very admiringly of Mme. Sun and made some sharp remarks against the Guomindang. The decision (Lu Xun on Qu Chubai's advice) on how to collect and publish the Shanghai press accounts of his press interview was, of course, very wise -- and broke through much of the Shanghai fog.

Further in this same section the impression is given that Soong Ching Ling actually personally knew and met Gorki, Einstein and other famous figures that like her were on the list of sponsors or officers of the League Against Imperialism. Actually, I do not know of any personal contact. She knew Nehru, but met him in Moscow, not Brussels.

Shaw was certainly a figure of world renown and a sharp critic of capitalism and in his own way a socialist -- but it is unsubstantiated to depict him as an activist on the China question.

A very obvious error of fact is the description of the China Defence League in Hongkong as a branch -- it was not a branch but the headquarters of the organization. Shanghai had a branch till 1941, when the Japanese took over the whole city. The Guangzhou branch was established in September 1938 (I joined there) but never really worked, because the Japanese occupied the city the following month. Its significance was more as showing the willingness of many Chinese and foreigners there to respond to Soong Ching Ling's call than in the work done. The work was centered in Hongkong -- and later in Chongqing. Incidentally, I am sometimes mentioned in various articles and books as one of the founders or original members of the League. Actually, I was not. When it was founded in Hongkong in summer 1938 I was not yet there, nor did I even know of its existence till Soong Ching Ling asked me to join in Guangzhou in September. All publications of the League in Hongkong ~~carried the~~ indicated (Hongkong's) central role.

A statement that should be rechecked is that on the eve of Shanghai's liberation, Soong Ching Ling moved one or several times from her house to avoid revenge by the Guomindang. There was of course such a risk, and the underground Party and ~~some foreign~~ friends kept proper watch. But according to what I was told in Shanghai, and a record there of Soong Ching Ling's own answer to an enquiry later on this matter, her decision at the time (probably with proper consultation) was to stay in her house and not move --- she was certainly there at the moment the People's Liberation Army arrived.

Finally, and now I am speaking not only of this book but of many others published by our institutions as well, there is no index for ready reference. And where the sources are from foreign languages, sometimes the foreign name of the book is not given although the page references are to the foreign original, and sometimes the names are badly misspelled. This is an editing fault, since the typesetters on Chinese usually do not know any foreign language, it needs double or triple checking. A list of some such errors is enclosed.

As I said, I think the book is a very positive contribution. I have spent more space on my other comments because I wanted to explain the points concretely.

Naturally, when my own book appears I shall be grateful if other biographers, or knowledgeable persons, will point out the slips and lacks that it may have, since the study of this fine, long and many-sided life of a very great woman is still in the early stage and will go on for a long time -- and we are all only at the beginning.

Please excuse my writing this in English. My Chinese is insufficient for clear expression.

Sincerely, With regards also to Comrade Tang,

I. Epstein (爱泼斯坦)

1990年10月28日，爱泼斯坦写给我的英文书信（二）

辩护（宋庆龄经莫斯科回国途中，在莫斯科可能已听到这一案件，很可能，她收到来自欧洲的电报，要她一回到中国就帮助办理此事）。这一节的题目使人产生史沫特莱和宋庆龄是长期密友这一印象。实际上，在良好的开端之后，从30年代中期开始，这两位革命妇女的关系便不幸变得十分紧张，绝未真正恢复——尽管史沫特莱一直是宋庆龄的秘书，但宋庆龄在1937年的《国家》（*The Nation*）杂志上甚至否认此事。这并不是否认史沫特莱的革命精神和杰出贡献。当然，不必过多纠缠于这种摩擦，可以不提。（在此中有工作风格问题，宋庆龄比史沫特莱更有限制和克制，而史沫特莱当时非常执着和任性。）在此，我唯一的意见是有关史沫特莱一节的题目使人盼望更长期的团结。

对萧伯纳的处理也一样。这本书说萧伯纳做了许多，宋庆龄及其他中国进步人士在上海并未对他感到失望。事实上，他们颇有些失望。现存有民权同盟与萧伯纳会谈的抄本（明显是由史沫特莱用英文记录的）。该文件表明，他们希望萧伯纳明确表示与支持该同盟，或用他的……但萧伯纳搪塞其辞，以他通常的玩笑方式，并一直这样。虽然他极力赞扬了孙夫人，并对国民党做了某些尖锐的评论。（鲁迅接受瞿秋白的建议，）决定收集出版上海报界对其媒体会见的解释，当然是非常明智的，破除了上海的许多困惑。

萧伯纳当然是世界知名人物，是资本主义的尖锐批评者，是有自己的方式的社会主义者，但说他积极关心中国问题则没有根据。

这一节还有一个问题，即给人以宋庆龄个人认识并见过高尔基、爱因斯坦及其他一些著名人物，好像与她一样名列国际反帝同盟的支持者或是该组织官员。实际就我所知，我不知他们有任何个人接触。她认识尼赫鲁，在莫斯科（而非布鲁塞尔）见过他。

有个明显的事实错误，把香港的保卫中国同盟（China Defence League）说成是一个支部——它不是一个支部，而是该组织总部。到 1941 年日本占领上海全城时，上海才有一个支部。广州支部是 1938 年 9 月成立的（我在此加入），但并无实际工作，因为随后一个月里，该城即被日本占领。它的意义更多是表明了许多中外人士对宋庆龄呼吁的赞同响应，而不是实际的工作。工作是以香港为中心，稍后在重庆展开的。

碰巧，在一些文章和书中曾提到过，我是该组织的创始人之一或最初成员。实际上，我不是。1938年夏，当它在香港成立时，我不在香港，直到9月宋庆龄在广州请我加入时，我才知道它的存在。该组织在香港的所有出版物表明了香港的中心地位。

还有一些叙述也应斟酌，即上海解放前夕，宋庆龄为了躲避国民党的报复而离家避居一地或几处地方。当然有这种危险，地下党与一些外国朋友也对此抱有警惕，但据我在上海被告知及宋庆龄本人后来回答别人提问记录来看，她决定此时仍待在家中（可能与人商量过），而未避居他处——直到人民解放军到达时，她一直住在那儿。

最后，我要说的是，不仅这本书，而且由我们的机构出版的许多别的书，都没有为读者制作可供参考的索引。当引用外文材料时，没有给出外文书名，而引文页数是原来的外文材料。有时人名拼写有误。这是编校错误，因为中国排字人员一般都不太懂外语，需要反复校对。随信一并附上我发现的这些错误。

正如我所说的，我认为该书有十分积极的贡献。我的其他评论写的更多，因为我要具体解释各点。

自然，当我自己的书问世后，如果其他传记作家或知情者指出它的欠缺，我将感激不尽。因为对于这位优秀而且生命精彩伟大女性的研究尚处开始阶段，任重而道远，我们都仅仅是开始。

请原谅我用英文写此信。我的中文不足以清晰地表达我所要说的内容。

你忠实的朋友

爱泼斯坦

1990 年 10 月 28 日

第八章　离休之后的学术活动

一、继续致力“孙学”研究

（一）执着研究孙中山

1987年，离休时

1987年10月，我在近代史研究所正式办理了离休手续，这时实足年龄为六十六岁。后又返聘一年。总计在近代史研究所在职从事研究工作三十一年。

我在离休以后，坚守“离休不褪色”的信念，并没有“离岗休养”。翻书、写书从不离手，依然锲而不舍地笔耕不辍，继续围绕我所从事的孙中山、宋庆龄等历史人物的研讨方向，日复一日地在读书、搜集资料和思考问题，孜孜于研究和著作。有几本较大的著作，就是在离休之后完成的。

我坚定地笃行一息尚存、绝不止步的信念，尽心尽力，鞠躬尽瘁，发挥余热。并且，由于不再参加一些行政性的事务会议和活动，无工作之劳形，有自由的时间。正是基于自己可支配的时间充裕，我筚路蓝缕，继续前行，全力整理旧作，增补修订，编著新作，忙碌不停，反倒成了我一生中著述最勤、出书较多、参加学术活亦颇频繁的时期。

首先，鉴于当时社会上尚未见到一部能够得到学界公认具有较高学术水平且富有创见的孙中山全传著作，我在离休后，便约集同好组织了一个《孙中山的历程》一书的编委班子，编委（以姓氏笔画为序）由

1987 年夏天，离休前夕，在中国社会科学院近代史所办公室

王学庄、刘望龄、朱宗震、张磊、邱捷、杨天石、段云章、胡绳武、姜义华、耿云志十人组成。我担任主编、段云章任副主编。我们计划努力去填补孙中山研究中的这一空白。

这部书系独出心裁的汇编，是孙中山传记的一种新尝试。它的突出特点，首先是汇集百家，自成体系。据粗略统计，当时海内外研究孙中山的专著已有 500 余种，文章就更多了。我们这一新编，就是要汇集百家之说，成为一个新的体系。全书以孙中山生平活动为主线，在 1949 至 1998 年的五十年间，海峡两岸以及世界上的大量有关孙中山研究的著作和文章中，经过再三审慎斟酌，比较鉴别，抉剔爬梳，从其中的优秀作品里挑出较具新意的精彩华章，以及当事人回忆录中亲见亲闻的生动事实，按照特定体例进行整理加工，并对文字进行技术处理，使其体例统一、思路完整，串连起来，汇编成一部自成体系的传记书。我们期望，这部书在理想的孙中山全传出版之前，能够给人们一个可信可读又可以反映现在学术水平的孙中山一生历程的读物。

其次，力求纠误补缺，求实求真。在现在的有关孙中山的研究成果中，对有的问题和事实存在着水平不齐、真实与谬误同在，以及自相矛盾的现象，还有误读错解孙中山的思想言行者；而对某些敏感或有争议的事件，也存在空缺和是非不明的问题，这样就造成了以讹传讹，以谬袭谬，对某些事实回避不述，出现漏缺。为此，我将有的部分重新撰写或改写，在全书中，由我个人撰写或改写的达 368 千字之多。

最后，增加了孙中山晚期的分量。从国民党改组到孙中山逝世，时间并不长，不过三年左右时间，但这是孙中山一生中最光辉的时期之一。孙中山首创国共合作，创办黄埔军校，呕心沥血于国家和平统一事业，成绩煊赫，利国利民。而现有成书中对孙中山晚期的思想和活动，记述和剖析不够丰满。因此，我特地加大这一时期的分量，增补了一些内容，以求能够比较完整地展示孙中山晚年的光辉业绩。

这部书的编纂，历时三年，在 1997 年完成。共 1114 千字，分为上、下卷，由解放军文艺出版社在 1998 年 1 月出版。该书出版后，很受读者欢迎，成为畅销书，因为它集中了海内外众多优秀专家的成果，不但内容可靠、思想清楚，而且文字流畅，也是很适合各级领导人阅读的参考书。在此后四年里，它既出版了增订本，又连续出版了四版，均为精装合订本。学者们认为，该书实际上是一本孙中山的评传，是一种了解孙中山的较好的读物。

1986年7月，我精选了我在1980至1985年撰写的22篇论文，它们分别刊载于国内外的学术报刊，共22万多字，由人民出版社以《孙中山与国民党左派研究》为名出版。这是我的首部个人论文集。

我认为，古往今来的历史，最吸引我的，是它那丰富的难觅止境的内容。仅就我用功最多的孙中山这位历史人物而言，他的思想和活动牵涉他所处的时代和阶级状况，牵涉中国和世界上的许多事和人，要摆正孙中山的位置，公正评价孙中山，就必须不仅要研究孙中山，还要研究孙中山及他周围的人和事，要研究孙中山思想和活动的方方面面，要既有分析，又有综合，而这的确不是一件容易的事。

但是，作为真正的研究者，应努力往这方面去思考和追求。因此，我不仅把孙中山作为主要研究对象，还由孙中山到周围人物，逐步扩大，先后搜集、整理其主要战友宋庆龄、廖仲恺、何香凝等的资料，为他们分别编辑文集、编著年谱、撰写专题论文，然后在这一基础上进行个案研究，再写成每个人的传记。选编在《孙中山及辛亥人物论丛》这本集子里的65篇论文，就是我在这个研究过程中写成的。它们分别刊载于国内外学术报刊《近代史研究》《历史研究》《学术月刊》《人民日报》《光明日报》以及日本《东亚》《近代中国人物研究》等处。这是我个人的第二本论文集。

2013 年 10 月，我在西苑出版社出版了《宋庆龄研究论丛》一书。这是我的第三本个人论文集。选编在这个集子里的 21 篇论文，也都刊载于国内外的报刊。这些文章的写作，历时三十年之久。它从一个侧面也反映了我学术生涯中的起起伏伏，不停迈进中所走过的困顿和坎坷历程。

该书是为了纪念宋庆龄 120 周年诞辰这一庄重时日，作为个人的诚挚献礼。我作为一个史学研究工作者，衷心祝愿在充满希望和挑战的 21 世纪里，人们能够遵循宋庆龄先生所说的："我们今天正在建设着明天，为了所有的人民。"把我们的国家建设成美丽富强的中国，实现中华民族伟大复兴的中国梦，并且还要加强同世界各国人民的团结，维护世界和平，能够为人类进步事业做出更大的贡献。

2012 年，在我从事孙中山研究工作已逾一个甲子的时候，再次对旧作《孙中山传》进行了颇大的增订和修补，由西苑出版社在 2013 年 2 月出版了增订新版。2014 年又由台湾思行文化传播公司出版了繁体竖排版。

此次的增订新版，基本保留了前几版本的韵调，对全书的架构、章节和写法进行了颇多的增补、修改和变动，增多了评论，充实了内容，使其更为丰富和准确。书中以孙中山的思想和生平活动为主线，按照时间顺序分为六章，在每一章中再分为若干节，共有二十六节，计九十小节。在写法上，为增强学术著作的可读性，采用生动活泼的笔墨描绘历史，力求深入浅出，风格平易，做到学术性与可读性统一，既能为中国近代史的专门研究工作者所用，又能够适合愿意了解这一段历史的大众读者，满足他们的所需。

对原书中的一些疏漏、不妥之处，均予以认真地补充，进行了校勘和修订，并增补或更换了某些新的史料或研究成果。除篇幅扩大外，增添了300多幅照片和墨迹等文物资料，与正文相互对照，以求严谨又不失生动。总之，力争使它成为更为全面的传记，更加准确地反映一代伟人的真实面貌。

尽管我一再增订，但同理想仍有差距，更非达到顶点。学习无止境，研究更没有尽头。在中国历史学工作者面前，不论是理论方面，还是通史和专题史，都还有大量的问题需要研究，大量的资料需要挖掘和整理。就孙中山这一历史人物而言，他的事业和思想有着极其丰富的内容，有着广阔的研究领域，还有不少问题需要继续探索。因此，摆在研究者面前的任务仍是任重而道远的。特别是在新中国成立70年后的新时期，更应使孙中山的研究不断拓展与深化，把孙中山及其时代“还原”出来，进一步增强孙中山研究的生命力。

另外，1993年，我出版了《中华名人孙中山》，由新蕾出版社出版。2003年，我又出版了《晚清风云人物孙中山》，由民族出版社出版。它们分别为64千字和80千字，均系普及读物。

与此同时，我在国内外学术报刊上先后发表了《孙中山与废除不平等条约》《孙中山振兴亚洲的思想与实践》《孙中山与中华民族的崛起》《孙中山与祖国的和平统一》《辛亥革命与20世纪中华民族的复兴》《中国大陆半个多世纪来孙中山研究的回顾与展望》等40多篇有关孙中山的专题论文。

2016年11月，新星出版社出版了我的专著《孙中山图文全传》，分上、中、下卷，60万字，631幅图片，以纪念孙中山先生150周年诞辰。与此同时，《河北学刊》2016年第5期刊出我的学术论文《孙中山与社会主义述论》，12千字。《团结报》2016年11月10日刊出我的学术论文《孙中山先生的博爱观——纪念孙中山先生150周年诞辰》，全文6千字，均为纪念孙中山先生150年诞辰而作。

尚有值得一提的是，2009年初，人民出版社一位负责人到我住处，邀我主编新版《孙中山全集》。我以年迈难担大任，多次谢辞未成，最后因盛情难却，勉强允诺。

孙中山一生的著述，是中华民族的一笔宝贵文化遗产。出版一部比较完善的《孙中山全集》，既是了解和研究孙中山思想和生平事业的文献基础，也有益于中国人民更好地继承和光大这一笔弥足珍贵的政治思想文化遗产。不仅如此，它还有助于推动中国近现代史、中共党史、中国近代思想史、中国近代文化史等诸多学科的研究工作，而对实现中华民族伟大复兴的中国梦更具有重要意义。

自20世纪20年代以来，孙中山文集或全集，林林总总，有不下数十种不同的版本问世。从1925年4月，甘乃光所辑、广州孙文主义研究社出版的第一部《孙中山先生文集》后，90多年来，以《中山全书》《中山丛书》《总理全集》《孙中山全集》《国父全集》等不同书名，陆续出版发行了众多篇幅不一，指导思想也不一的版本。其中，以中国社会科学院近代史民国史研究室、广东省社会科学院历史研究室、中山大学历史系孙中山研究室合编，中华书局1981至1986年出版的《孙中山全集》11卷，以及台北的秦孝仪主编、近代中国出版社1989年出版的《国父全集》12册，编纂较好，也较为完备。前者500万字，后者为参补中华书局版而修订其1973年版而成，有600万字左右。这两部书，特别是中华书局版《孙中山全集》出版30余年来，曾多次印刷发行，对研究孙中山及中国近代史等方面起了很大作用。2017年7月，中山大学历史学系承担了《孙中山全集续编》的编辑工作，又出版了五卷续编。

但是，随着孙中山研究的深入和新史料的发现，现在看来，这两部书有颇多不足之处。首先，中外各界人士挖掘披露的新资料，约有250万字为现有的两书的佚文，而对两书的差错和种种不足，见于报刊的批评文章，已有50余篇之多。其次，在编辑体例和文献编排分类方面，不够理想。按年代顺序编排孙中山全集，对查找资料却增多了麻烦。因此，为开展孙中山研究，需要重新编纂一部完善的《孙中山全集》，以应广大读者的需要，就很有必要。

我从中国社会科学院近代史研究所、北京大学、清华大学等单位，邀请了九位近代史研究专家，组成了新版全集的学术编辑委员会。编委会成员（按姓氏笔画为序）是王光非、王宪明、王继平、左玉河、刘桂生、杨琥、贺渊和郭世佑，我担任主编。大家共同为全集的编纂方式、体例规范、统一结构、学术审查，搜集漏收的资料、确定凡例，辨定文件真伪取舍与如何划归范围等诸多方面，开过多次学术工作会议，并跑遍大陆与台湾地区的有关单位，广为汇集资料等，做了大量工作，力求新版能够资料齐全无遗，并且有所改善和创新。

在编纂理念上，我们认为，随着时代的发展、历史的进步，就要破除以往种种成见，站在历史角度总结前人经验，以求最大限度地完整重现孙中山的宝贵思想。因此，在总体上应该从文化的视角，立足于中国的国情，联系当今的国际形势，重在弘扬中华传统文化，突出“孙中山中西文化观”相融合这一大特色，以期有助于进一步认识和评价孙中山。因此，一方面我们要有世界性眼光，另一方面也要体现中国传统文化特色。

我们大家齐心合力，克服种种困难，默默耕耘，剔抉爬梳，历经六载，艰苦努力，最终以16卷本的规模，在2015年6月由人民出版社出版，与读者见面，为人们了解有关史实，提供了很大的方便。

新版《孙中山全集》是一项众志成城的工程，收集整理稿件共11500余篇、10106千字，比较当前公认的最完备的中华书局版和台北近代中国出版社版，

2015年7月，我和我主编的《孙中山全集》（全16卷）

较前者增多3000余篇，增加501余万字；较后者增加2000余篇，增加510万余字，并且收录了20余篇从未发表或从未在国内发表的文件。我们借鉴了三十年来专家学者考证的成果，吸收了现有研究著作的新观点等，可以说是迄今最准确、完备的一部全集。

新版《孙中山全集》出版后，引起了社会各界特别是学术文化界的广泛关注，中央和地方的各种媒体，如《人民日报》《光明日报》等二十多家，纷纷刊发消息，对其进行特别报道，有学者认为它继承乾嘉考据学风的传统，其成果功德无量。

广大研究中国近代史或孙中山的学者，对新版《孙中山全集》多有关注。上海师范大学邵雍教授为撰写《孙中山与列宁》一文，在其一万多字的专文中，引用新版《孙中山全集》注明出处者，有近二十处，涉及该全集的第一、二、五、六、七、八、十卷，基本上翻遍了整套全集，用心甚勤，功力深厚。

（二）宋庆龄指导我研究孙中山

在往昔已逝的漫长时期里，基于编撰孙中山的传记、年谱、全集和专题论著等工作的需要，为着搜集资料、核对史实，以及解决疑难问题等，我与孙中山当时健在的故交，如朱蕴山、何香凝、朱学范、屈武、王昆仑、廖梦醒、廖承志等先生多有往来，其中自然更少不了毕生“为了所有的人民”而奋斗的伟大女性宋庆龄先生。

我和宋庆龄先生的交往始于“文化大革命”结束之后，在20世纪70、80年代。从1958年开始，在我确立毕生从事研究孙中山的理想后，搜集和整理资料过程中，遇到了不少难解的问题，曾经多次得到宋庆龄先生的帮助和指导。1980年初，我又在几个问题上遇到了困难，主要是：（1）1918年夏，孙中山第一次致电列宁祝贺十月革命胜利的电报，是从哪里拍发的？据何香凝回忆和苏联叶尔马舍夫著《孙逸仙》一书，都说电报是从上海拍发的，但苏俄外交人民委员会契切林1918年8月1日给孙中山的复信中曾说，几月前收到了孙中山“代表南方国会给工农政府的贺电”，因此有人认为贺电应是从广州拍发的。（2）1922至1923年，孙中山和廖仲恺同苏俄大使越飞会谈的时间、经过，各书里记载都有不同。（3）孙中山和宋庆龄结婚的时间，各种出版物中说法不一。常见的有三种：1914年10月25日；1914年11月25日；1915年10月25日。

为了解决上述问题，我在1980年2月20日给宋庆龄先生写信求教。她在百忙中亲自给我复了信，详细解答了所提的问题，并派秘书杜述周连夜送到三里河我的家中面交给我。

在我同宋庆龄先生来往通信的16件函札中，我认为，以下这封信是她留给我们的最珍贵历史文献之一，具有重要的史料价值。

我给宋庆龄先生的求教信札，是以一个普通研究工作者个人的名义（个别有经单位同意用中国社会科学院近代史研究所或人民出版社名义），并循既往惯例给她发出的。信的主要内容是：介绍个人或集体编撰孙中山研究书籍的艰辛历程，求教或考订有关孙中山生平的若干问题，请求审阅《孙中山》《孙中山传》书稿，请她题签《孙中山全集》《孙中山传》《廖

尚明轩同志：

二月二十日来信所询各节，答
复于后：(一)和孙中山先生结婚时
期是一九一五年十月二十五日，在东京
著名律师和田瑞家中办的手
续，由和田瑞去东京市政府办
理登记。我和孙先生各有执
照一张。日本军阀侵入上海时，
到故居打开保险箱，取去孙先
生许多著作材料，连同结婚签
名證二張一起送到日本（听說，

1980 年 2 月，宋庆龄副委员长的来信（第 1 页 / 共 4 页）

后来几经周转，其中一张现存中国历
史博物馆）。（二）孙先生给列宁
的贺电，是在上海由他拍发的。
孙先生在广州时也给列宁通
电、通信。 可惜，宝贵的底稿都
被陈炯明放火烧观音山住所
时烧去。（三）孙先生一九二三年在上
海故居的秘书室内见过越飞即
Joffe，是列宁的代表。接见数小时
之后决定避免租界上各派系中对
革命的危险等，并决定派廖仲恺
先生约越飞到日本会谈，约在

1980 年 2 月，宋庆龄副委员长的来信（第 2 页 / 共 4 页）

日本热海(Atami)讨论问题，洗硫酸浴以治疗风湿症。他们分别赴约会地。热海有群山，又有治风湿症和皮肤病的温泉。在那里，他们可以自由地相约相见并多次讨论。廖仲恺先生去了约一个月。

此外，以后在桂林，北伐时，列宁又派一位亲信和孙先生讨论问题。讨论材料，孙先生派人送交廖仲恺先生，嘱他看后即烧掉。但廖先生看后放在他财政部保险箱

1980 年 2 月，宋庆龄副委员长的来信（第 3 页 / 共 4 页）

内，被陈炯明打进时拿到后就发表，以为是孙中山卖国材料，发表登在各报。陈炯明命令刊登细节，广泛宣传，作为孙中山出卖国家的证据。按照我的记忆所及，每个字印得有酒杯那么大，登在上海各报。那天早晨，我是第一个发现这类报纸的人，当即拿给孙先生看，他和汪精卫正在图书室里。（孙先生已离开永丰兵舰在上海了。） 此复 即致

敬礼

宋庆龄

一九八〇年二月廿二日

1980 年 2 月，宋庆龄副委员长的来信（第 4 页 / 共 4 页）

仲恺传》三书的书名，以及请求会见，以便当面汇报工作中存在的和需向她求教的问题等。承蒙她赐予有关文献资料，仔细审阅我的书稿，还曾亲笔对我的文章、书稿做出纠正和增补，挥笔为我的书题签书名等。她并没有因为我是一个后学晚辈而不予重视，而是多次亲笔给我复信，答疑解惑，谆谆指导。

从 1973 年 8 月 20 日开始，到 1981 年 1 月 23 日止的九年间，我收到了宋庆龄先生的复函和来函共九封。九函发出的时间分别是：（1）1973 年 8 月 20 日；（2）1976 年 7 月 27 日；（3）1977 年 8 月 25 日；（4）1978 年 11 月 24 日；（5）1979 年 12 月 30 日；（6）1980 年 2 月 23 日；（7）1980 年 5 月 10 日；（8）1980 年 10 月 9 日；（9）1981 年 1 月 23 日。这些函件有她亲笔所书者，也有她的秘书代书者。它们有的是她的秘书杜述周直接送给我，大多数是标明“要件”“急件”，或以挂号件寄递到近代史研究所。只有一件是由廖梦醒转交给我的。她给我的九函的信封和信件原件，均齐全无损，我视其为重要的文献文物，一直善存珍藏着。

1978 年 11 月 22 日，我们担负的孙中山研究各项课题初步告一段落。合作同仁合议去拜谒宋庆龄先生求教，以中国社会科学院近代史研究所名义，发专

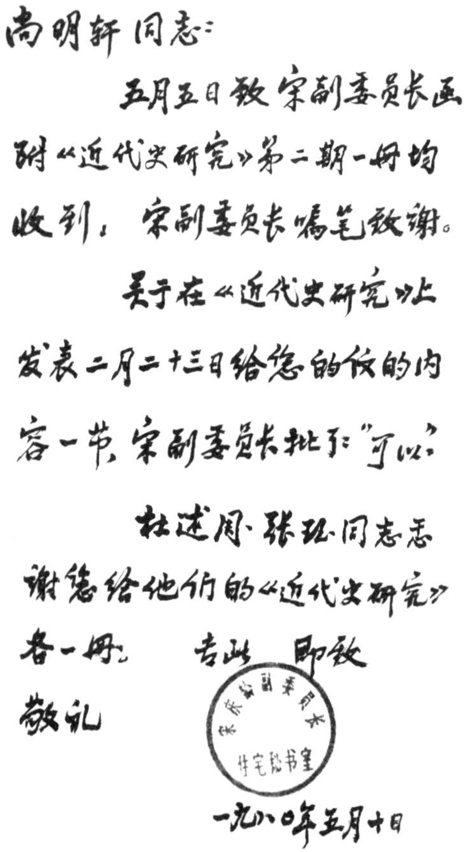

尚明轩同志：

五月五日致宋副委员长函附《近代史研究》第二期一册均收到。宋副委员长嘱笔致谢。

关于在《近代史研究》上发表二月二十三日给您的信的内容一节，宋副委员长批了"可以"。

杜述周、张珏同志志谢您给他们的《近代史研究》各一册。

专此 即致

敬礼

宋庆龄副委员长住宅秘书室

一九八〇年五月十日

1980 年 5 月，宋庆龄副委员长秘书室的回信

函请示她允准。

宋庆龄先生于11月24日复函：“阅您十一月二十二日来信，特致谢意，感谢您们担当一项重要工作，开始编写《孙中山年谱》《孙中山传》《孙中山全集》等。目前，正患严重感冒。不能见从事这项工作的同志们，这是（我）引为遗憾的。”并特别告知，你们“如有任何问题或疑难之处，请书面提出”。

之后，我便将工作中遇到的困难和问题，写成书面材料，并再次请求拜谒一函，交给宋庆龄先生的秘书杜述周，请他转呈给宋庆龄先生。1979年5月初，杜述周转告我：“首长定在10日下午3时同您会见，谈话时间最好不要超过一小时。”这样，仰慕已久的宋庆龄先生，在她住宅的会客室里接见了我。

当时，我先把孙中山研究和写作中的进度情况，做了简要汇报。她慈祥和蔼地就我书面提出的问题，如孙中山给列宁的贺电拍发情况、陈炯明叛变的经过，以及她与孙中山最初交往经历等，简要地做了回答。我曾提出请她谈谈个人在一些重大历史事件中的亲历情况，宋庆龄婉言拒绝说：“我们只谈孙先生，不谈我自己。”

我记得宋庆龄先生说话带着上海口音，而我是一口浓重的河南话，所以我们两人“南腔北调”，有时相互都听不太懂，还需要杜述周做点翻译来沟通。

宋庆龄先生雍容大方，平易亲和，她对我一介书生的亲切和蔼，谆谆话语，令我认真聆听之余，深感欢快和感动。

追忆起来，我在1973年、1976年和1977年，曾先后三次寄去自己所编撰的历史小丛书《孙中山》（征求意见稿）和专著《孙中山传》（打印的初稿），请求宋庆龄先生审阅，以便修改。

对于《孙中山》书稿，宋庆龄副主席住宅秘书室专门致函人民出版社："中国社科院尚明轩同志编写的历史小丛书《孙中山》一稿，宋副主席详阅后，认为这本书是读者需要看的，希望很快地刊出应世。并望较快地以英文版刊出。"还特别提出："宋副主席本人拟购二十本。"

对于《孙中山传》初稿，宋庆龄先生复函："稿件已经看过了。据（我）所知道的，稿中所写的都是事实。……感谢给我看这份稿件。"对此书打印稿复函："现已阅毕，将下列各点奉告：（1）菲律宾同志的名字是Ponce。（2）驻英中国大使馆顾问的名字是Maesrtney。（3）Adolf Joffe是苏俄代表的名字。他去热海（Atami）和廖仲恺谈话。"并特为告知，对书稿中欠妥处，已在稿件上"作了纠正和指明"。

宋庆龄先生为着我便于了解孙中山的生平活动，并在复函中附寄了张猛写的《孙中山先生言行》一文，供我参改。张猛是孙中山的副官，长期追随在孙中山左右。复函中说：“张猛所写的回忆每一个字都是真实的，人们听到关于孙中山先生的某些事是不真实的，如澳门的富丽住宅并不是孙中山的，而（竟）作为‘孙中山故居’向旅游者介绍。它实际上是孙科任广州市长时建造的，而孙先生从未看到过，更不可能说他住过！”实在是张冠李戴，弥天大错！她还为了便于我们同张猛联系，在复函中告知张猛的通信地址是“广州海珠北路云路新街 8 号”。

宋庆龄先生在复函中，还特别嘱告：“在上海香山路孙中山故居，有一些材料或许可供参改，需要时可前去查阅。”

正由于宋庆龄先生的指引，我在 1977 年 12 月间曾专门赴上海孙中山故居查找资料。在近一个月的时间里，查阅孙中山书房的藏书。在他的藏书室中，至今还保留着两千多册藏书。中外文的书籍均多，范围广泛，多为社会科学方面的书。我翻看了不少过去未曾读过的好书，很有收获。

1980 年 12 月 28 日，我惊喜地收到了宋庆龄先生寄给我的贺年卡。

尚明轩同志：

恭贺新年，并祝幸福愉快！

宋庆龄

但在拿到贺卡的高兴之余，顿感极为失礼，恨自己的木讷和不敬，便立即将我的贺年卡用快件回寄给宋庆龄先生，借以稍减心中的内疚。

“天有不测风云，人有旦夕祸福。”正当我的研究孙中山工作积极开展，原本期待能得到宋庆龄先生更多指导的时候，孰料在她 1981 年 1 月 23 日回复我的最后一封信不久，却因患慢性淋巴细胞性白血病而病倒了。当年 4 月，我为编纂《孙中山全集》工作南下广州，于途中惊闻宋庆龄先生病情转危，焦灼难安，于 5 月 29 日匆匆返京时，她在当天晚 8 时 18 分因病医治无效逝世，永远地离开了她深爱的国家和千千万万的人民。

我在听到宋庆龄先生病逝噩耗后，为铭记她的功业，亦藉遣沉重的哀思，当夜九时写了一首悼词《悼宋庆龄词》，并在第三天（5 月 31 日）早晨到达人民大会堂，向宋庆龄先生遗体告别，进行吊唁和瞻仰遗容，以表达我的敬意和哀悼。全文如下：

1983 年 5 月，中国国家名誉主席宋庆龄逝世二周年纪念日，
与宋庆龄秘书和身边工作人员在宋庆龄故居（左一是我）

伟哉中山，革命先行。

宋氏名媛，慧眼独青。

相夫救国，奔走秋冬。

三大政策，铭记眼膺。

全国解放，躬与其成。

终生奋斗，特立独行。

自强不息，尽瘁竭诚。

名誉主席，薄海同饮。

高风亮节，日月峥嵘。

（三）如何研究孙中山

流光易逝，我在近代史所工作了 31 年，1987 年离休至今又有了 34 年。离休并没有离岗，总起来算，我从事孙中山研究工作已逾 65 年。

用历史年代来衡量，过去的 65 年只不过是白驹过隙一刹那而已；用人的生命来计算，65 年的时光确实不算短促。在这半个多世纪的时日里，我在中国近代史学——主要是孙中山等历史人物研究方面稍尽绵薄，做出些微成果，与孙学研究凝成了难解难分的特殊情结。长时期里，我一直孜孜矻矻，潜心探究，克服了主客观上的诸多困难，艰辛地从事科研工作。研究孙中山等人物是我的专业，我把毕生的精力都贡献给了它，始终无怨无悔。现虽百岁老迈，依然仍以这一课题为伴，老骥奋蹄，夕霞奋耕，毫不辍笔。只要能思考能动，我就不会停止工作。

新中国成立 70 余年来，大陆学界孙中山研究学术成果非常丰富。有关孙中山的研究专著、译著、资料汇编和有关图录等，就有 600 多本，发表在报刊上的文章资料等多达千篇，成果十分辉煌。我从已出版的大量研究成果中吸取营养，进一步丰富了自己这一方面的认知和兴趣。在此基础上，方能够坚持终身研究这一课题的夙愿。

我在治学经验方面，尽管研究时日颇久，也难以总结出子丑寅卯什么道理来，只能根据个人的摸索和体验，概括地谈点心得和体会，借以砥砺自己继续努力，并以供有志于在新时期从事孙中山研究的同好们参考。

（1）研究孙中山，要注意把孙中山更加紧密地放在历史时代中去考察。

孙中山是中国社会和革命发展的一个时代的代表，他生活的时代无论在中国、在世界都发生了天翻地覆的变化。这个时代既包括孙中山在世所处的时代，即 19 世纪末到 20 世纪中叶和末叶，也包括中国社会发展到今天。随着中国社会的发展，要不断更新，才能展现出其思想的深远意义和宏大气魄。并且，他又生活在一日数变，国际政治及国内战乱不断的环境中，所以应该把孙中山放到每一段时空的历史中去研究，把孙中山的思想、主张和中国的近现代历史结合起来做研究。孙中山设计的国家建设蓝图，也只有在改革开放实践中才能有新验证。尽管他的蓝图不能符合现今的环境，但是他的建设理论所具有的前瞻性，对现实仍有借鉴意义。因此，对孙中山的研究不能停留在原有的评价模式，而是需要运用唯物史观，促使其具有突破性的、符合时代特色的研究。

对孙中山的研究，既是以辛亥革命为顶峰的这一时期的中心课题，而且孙中山还是从旧民主主义革命转入新民主主义革命时期一个重要人物，他的一生联系着中国近代史的整个过程。同时，孙中山领导的发生在半殖民地半封建国家的资产阶级民主革命，他走过的道路，又不仅仅是中国社会条件下的特有现象，不仅仅对中国近代历史有意义，而且是一种具有世界历史意义的重要历史现象。孙中山是处在已不仅是中国一个国家之事情的时代。并且，孙中山的活动舞台是整个世界，包括南洋群岛、欧美大陆及亚洲各地，到处都留下了他的足迹。他曾和不同国家的政府官员及各阶层人士打过交道，参加或经历了许多大大小小的历史事件。因此，孙中山的研究涉及很多方面，涉及许多各种不同类型的人物，内容丰富，头绪纷杂，范围相当广泛。也可以说，研究孙中山等于研究一部综合性的中国近代史。

因此，我们不能把目光局限在孙中山身上，局限在个人经历的横断面上，将其作为孤立的个体；而应把他放在一个时代的大背景中，纳入当时的社会历史范围之内，把他置身于当时的中国与世界的特定历史大背景的视野下，让他回到历史大舞台上，放在纵深的历史发展轨迹上，要花费大量的时间和精力，才能深入地认知孙中山，方能评判其功过是非。

正因为如此，这就要求我们不仅要掌握历史唯物主义的基本原理和方法，在马克思主义指导下进行研究工作，而且要尽量扩大知识面，丰富基础知识，特别是要熟悉中国和世界近代史，学习和掌握与之有关的中外近代史的社会经济、政治、思想文化，以及重要人物等各方面的知识。只有这样，才能把孙中山放在中国、世界客观总体中恰当的位置上，在世界大背景下，在中国近代历史过程中，在中国特色社会主义的形成和发展里，才能科学地研究孙中山的一些主要问题，从而恰如其分地评价他的言行活动，也就是说，只有如此，方能在新的理解中拓展视角。

研究历史不仅是要查清历史真相，还要求必须起到经世致用的效果。它既是学术问题，又是为现实服务的。孙中山的《三民主义》《实业计划》，在今天仍对我们具有启发和借鉴意义。我们应对其中的某些问题进行继续探索和深化研究，将会有助于推动实现中华民族伟大复兴的中国梦的早日实现。

（2）研究孙中山，要用比较方法，进行孙中山的比较研究。

孙中山从兴中会到中国国民党，40 年间的革命活动，从事的不是孤立的个人行动。一方面，他与当时中国先进知识分子和不同群体的人们，保持着广泛的联系；另一方面，在他周围总是集结着相当大的一批社会各阶层力量，积极活动着，在中国的历史舞台上产生了巨大的影响。因此，既要进行传统的纵向研究，又应进行横向比较研究。把孙中山和同时代中国许多人物，如黄兴、宋教仁、邹容、胡汉民、朱执信、章太炎等相比较，细致地分析他们之间各方面的异同，评论其成败得失，探索经验和教训。

不仅如此，我们还应当把孙中山的一切放在更广阔的世界历史范围去考察。把他同 18、19 世纪西方资产阶级民主革命时期的革命家相对照和比较；把他同 20 世纪初殖民地半殖民地国家民族解放运动中的革命家相比较；把他同今天第三世界一些国家的政治家、思想家相比较。经过相互比较，寻求渊源，了然其来龙去脉，方能找出各自特色，探索出相互影响，从而透视出孙中山的主要事迹和言行，以及与当时社会发展的内在联系。

（3）研究孙中山，宜进一步加强孙中山与中国特色社会主义道路的研究。

研究历史的目的，归根结底是为了理解现实，面向未来，亦即“察古知今”“鉴往知来”，是为现实服务的。孙中山的立国思想与建国设计，特别是他坚持的“天下为公”理念和社会主义方向，在中国走向现代化的今天，对我们具有启发、借鉴的意义。孙中山大力宣传并准备实行社会主义，既根源于其热爱祖国人民的真诚感情和变革社会现实的革命主张，更是其经过长期学习和研究，把握了宏观世界局势与最新思潮的结果。孙中山虽然没有走上马克思主义道路，但其对社会主义的大力宣传和热切向往，是留给后人的一份弥足珍贵的社会文化思想，确实具有重大的进步意义。将孙中山的社会主义思想研究，放在今天有中国特色的社会主义进程中考察，将会有助于对现实的理解，并可推动努力促其尽早实现。

（4）研究孙中山，要十分重视史料的作用。

科学研究是一项探索性的工作，学海无涯，必须做艰苦的努力。发掘新著作史料更是一项极为费力耗时、艰难琐细的工作，必须花大量的时间和精力，进行长期的汇集和积累；要用“竭泽而渔”的方法，网罗最完备的材料，处处凭材料说话。积累史料则是研究的基础，因为所有一切立论都必须要引用论据充分的资料。缺乏史料基础，史学研究便成了无源之水、无本之木。史料之于史学探究具有根基性的价值和意义。史学界历来把“史实”和“史料”当作研究历史的根本依据和出发点。书面史料是我们认知、重构、

20世纪80年代，到南京中山陵搜集史料

判断的最为重要的依据和材料。只有集中精力尽可能系统地、详尽地查找资料和掌握真实可靠、比较全面的历史资料，包括大量的档案文献、报刊的评论和报道、时人文集以及有关人物的回忆等，才有可能为研究成果的科学性提供前提条件；再经过缜密的理论分析，“去粗取精，去伪存真，由此及彼，由表及里”，通过组织、分析和判断，也才有可能对研究对象做出全面、客观、符合历史实际的分析和论断。可以说，新的详尽资料是学术研究能否成功的基本前提。如果没有掌握足够资料，或未经缜密分析，决不可以轻易下结论。切忌先有一个结论，再去找史料论证的做法。

孙中山是一位具有世界影响的历史人物，他一生的大半数时间被迫侨居海外进行革命活动，足迹遍世界。因此，有关他的中外文资料，要比中国近代史上其他历史人物丰富和复杂得多。这些史料的数量庞大，散布面广，比较零散。这就需要我们下苦功夫，花费时间去挖掘和收集。有关孙中山本人的著作和言论，自 20 世纪 20 年代以来，在大陆和台湾已有 80 多种不同的版本问世，但所有孙中山作品集版本的篇幅虽大，都不能和 2015 年 6 月由人民出版社出版的《孙中山全集》16 卷相比。正如在本章第一节中所述，这套全集的整理编纂工作集众多专家学人，历经六载艰苦努力，方克完成。它是目前最完备的孙中山文集，按文体性质分类，依时间顺序编次，据类别和篇幅列卷，并在校勘、题解、注释、版本选择和索引等方面也都下过一番功夫。可以说，它为研究孙中山提供了较完备的资料和有利条件。

此外，有关孙中山的其他中外文档案史料，尚未能全部汇集起来，还应竭其所能，广泛收集。只有深入史海取得大量史料，并在深入理解当时历史环境和孙中山性格的基础上，对收集到的史料进行认真整理和分析，甄别真伪，确定其可靠程度和使用价值，去粗取精，选用典型的、经过审查的第一手原始资料，方能进一步展开研究工作。

科学研究工作是为探索真理所进行的艰苦劳动，长期积累资料和深入考核资料，便是科学研究的一项非常重要的工作步骤。在这方面没有捷径可走。要强调“历史要下苦功夫”。一经踏入学术园地，便像一只不知疲倦的蜜蜂，在百丛中穿梭，努力吸收营养，填充久遭知识饥荒的肚肠。因此，只有甘心坐冷板凳的勤奋治学，耐得住寂寞，耐得住清贫，能够抗拒外界的干扰诱惑，并且有“十年磨一剑”的精神，才能攀登科学高峰。急功近利或图省事都是不行的。史学讲求广集史料，细致爬梳，严谨考辨，小心求证。这对研究孙中山来说，同样应该给予十分重视。

史贵求实。只有在真实可信的历史事实基础上，才能发现社会发展的规律，取得历史的经验教训，更好地为现实政治服务。

（5）研究孙中山，与研究其他史学课题相同，思考问题要有哲学深度和文学修养，同时兼顾文史哲三个方面。

历史是一门综合学科，涉及面广，应与多种学科同时并进，思考问题有哲学深度和提高文学修养，在文史哲三个方面兼顾，认真地下苦功夫，做一个会思考的人，力避人云亦云。

我国的传统一向是强调文史不分家。这当然不是要将文史合二为一，而是要求历史学者要有文学修养，文学家要具备丰富的历史知识。一部成功的历史著作，不仅是科学、严谨的学术著作，还应具有生动的表现形式、启迪心智的思想内涵。这就是说，研究成果的论著中，对语言文字的表述，应该具有一定的文采，还要有哲学上的思辨力和思考力，即文史哲兼通，让人喜读乐看。《史记》一书，便是“不拘于史法，不囿于字句，发于情，肆于心而为文”，文字平易近人，思想深厚，确是史学著作的典范。在孙中山研究的论著中，这方面也是不可忽视的一个问题。论文写作要严谨扎实，显示出较高的学术视野和严格的学术训练。

新中国成立70余年来，广大史学工作者对孙中山的研究蓬勃发展。它能在这一课题上取得可喜的进展和成果，成为一门显学——“孙学”，绝不是偶然的。这确是甚为可喜的事。当然，这些进展和成果还不是已经差不多了，更非达到了顶点，在一定意义上也只能说是初步的，尚难以满足研究和教学工作的实际需要。读书没有止境，研究亦无止境。孙中山的事业和思想有着极其丰富的内容，有着广阔的研究领域，在当前还有不少问题需要继续探索与研究。例如，探究在世界视野下的孙中山，研究中国近代化视野下的孙中山；将孙中山置于世界大背景下；放在中国近代化进程中进行考察；在新的理解中进行拓展和创新；等等。因此，摆在研究者面前的工作依然任重而道远，需要继续进行深入探索，以求进一步充实和完备，更加丰富完满。

此外，从事研究者必须有坐得了冷板凳的精神，必须有对历史负责任的一种情感。只有拥有这样一种情怀，才能够终身坚守科学研究岗位。

二、探究宋庆龄等历史人物

（一）研究宋庆龄

历史人物是历史事件的经历者、参与者或领导者，对历史事件的发展起着重要的影响。为历史人物写传记最困难，然而也是最重要的，或许莫过于摆脱现实和情感的种种羁绊，以更理智、深沉的历史眼光，审视历史人物一生走过的轨迹，对其中的功过是非做出客观、公正的评价。中国国家名誉主席宋庆龄是20世纪的伟大女性，众所熟知的最有个人特点的政治家、社会活动家和伟大的爱国主义者，又是国际知名的为人类和平、进步与友谊而热诚奋斗的卓越战士。她的一生，始终为中华民族复兴而努力奋斗，迈进不停，攀登不已。她的业绩确实是“不仅是中华民族的，也是属于世界人类的”。

对宋庆龄威武不屈的人生，勇往直前的足迹，万众景仰的精神，玉洁冰清的品德，理应深入探究，使其彪炳史册。特别是她作为孙中山的学生、战友和夫人，毕生“志（孙）先生之志，行（孙）先生之行”，是孙中山思想和事业的真诚守护者，让孙中山革命事业沿着世界潮流而前进不已。她参与了孙中山最后十年的革命实践活动，与其并肩战斗。孙中山逝世后，她继承和发展了孙中山的事业和原则，使它与新的历史进程融会贯通，赋予孙中山思想以时代精神，使孙中山的旗帜长期蕴含着生命力和凝聚力。在崎岖坎坷的革命道路上，她威武不屈，富贵不淫，贫贱不移，紧随着历史潮流勇猛前进，成为新中国的缔造者之一，并奋力投身于新中国的建设事业。在争取世界和平与妇女儿童事业上的成就，更是举世赞誉。

鉴于孙、宋两人具有共同的思想基础，也有相同的意志、理想和生活情趣，关系至为密切，相互的影响极大与深远，研究孙中山很自然地必须同时研究宋庆龄，把二者很好地结合起来进行探究。

我国对于宋庆龄的研究，迟至 1981 年她辞世后才起步，致使当时整个研究工作处于初级阶段。我开始研究宋庆龄工作的第一步，便是博览她的有关书籍，广泛收集资料，为其研究工作奠定基础。

1985 年初，我约集同好陈民、刘家泉和赵楚云三人，分工合力编著了《宋庆龄年谱》一书，由中国社会科学出版社在 1986 年 10 月出版。

这本分量颇小的工具书，只有 30.7 万字，内容显得简略，只是对宋庆龄一生做了一次提要式的梳理。但是，它是新中国成立后第一本有关宋庆龄的年谱，引起了读者的注目，开启了宋庆龄研究的闸门。应该说，在宋庆龄为新中国奋斗中的特殊贡献研究方面，该书起到了颇大的推动作用。

1986 年，我开始撰写《宋庆龄传》一书，其中上半部分与唐宝林合作。该书由北京出版社 1990 年 8 月出版，曾三次印刷。书中运用大量鲜为人知的珍贵历史材料，包括近年来海内外新发现的资料、实地调查材料和口述资料等，对宋庆龄一生的经历和思想发展做了全面系统的客观论述。书中钩沉索隐，深入探究，填补了一些空白。

该书在 1991 至 1992 年受到读者的好评，曾获得第五届中国图书奖等奖项。

在《宋庆龄传》出版后，我继续对宋庆龄进行研究，并再次对《宋庆龄传》进行了认真增订和修补，拓展内容，深化论述，并梳理了前人没有或少有涉足的领域，进而增补了新资料及我的研究成果，更加全面地丰满了内容，并对原书中的某些疏漏或不妥之处，都予以认真地补充、校勘和修订，促使该书从原有的 48 万多字增多到 70 万字，由单本增为上、下两卷本。该书由邓颖超先生亲笔题签书名，于 2013 年

2月由西苑出版社出版。2021年7月，新星出版社出版了我的专著《宋庆龄图文全传》，分上、下卷，62万字，近500幅图片。

为了进一步促进宋庆龄研究的深入发展，在21世纪初，我联合沈自敏、耿云志等同志，历经三年，出版了我主编的《宋庆龄年谱长编（1893—1981）》一书，以记述谱主宋庆龄的生平思想活动为主，兼收与谱主活动有关的方方面面资料。采用平叙、纲目两种体裁并用的方式。在2002年12月由北京出版社出版。这本有66万多字的工具书，引起了学术界的重视，并获得中国社会科学院近代史研究所研究成果优秀奖和北方15省哲学社会科学优秀图书奖。获奖是对我的最大鼓励，也是众多学者和老师们多年来指导和帮助我取得的成果。

宋庆龄在1949年后的33年历史，依然是精彩纷呈的。在这段时间里，有许多历史过程和历史经验教训都尚待历史研究者去描绘与总结，俾能为新时期社会主义建设提供精神动力和理论支撑，又能为今日建设有中国特色的社会主义和谐社会提供一些历史借鉴；同时，还可以给予人们以深刻的启示和思考，从而凝聚起为实现中华民族伟大复兴中国梦而奋斗的磅礴力量。这对于我们总结过去，鼓舞今天，昭示未来，有着不可估量的价值和无可比的历史意义。因此，在中国宋庆龄基金会的倡导和推动下，集众人之力，由我主编，集体完成了增订版的《宋庆龄年谱长编》的上、下两卷，旨在客观、完整、系统地记录宋庆龄一生 88 年里的生平和活动。在体例上，突破过去的编年史框架，采用记事与专题相结合，用诸体并用的方法，以时为经，以事为纬，明晰纲目，着力于全面性、科学性与学术性。我希望为今后的研究者，提供坚实可靠的资料基础，以求促进宋庆龄研究能够较快地得到深入和提高。经过了五年的历程，这部书在 2009 年 10 月宋庆龄忌辰 28 周年时出版发行，并作为纪念。

时间的脚步匆匆，转瞬间两卷本的《宋庆龄年谱长编》出版已经十多年。在这十多年间，我陆续发现有关宋庆龄的佚文甚多，分别刊载在有关成书或报刊上，初步估计约有 150 万字。因此，现有年谱长编实有必要增补修订，以应研究工作的需要。为此，我第三次组织班子，为该书进行增补和修订。目前，我们正积极努力地进行这项工作，预计在 2022 年出版。《新编宋庆龄年谱长编（1893—1981）》，融史料与史论为一体，兼有史料性与学术性双重意义，既有工具书的作用，也是一部研究宋庆龄的参考论著。

2005 年 8 月，写作之余，在方庄家中书桌前

在我从事研究宋庆龄这项工作期间，曾先后不间断地撰写了《宋庆龄民主革命思想的形成》《宋庆龄对首次国共合作的贡献》《宋庆龄与保卫世界和平事业》等 20 余篇有关宋庆龄研究的学术论文，分别刊载于《近代史研究》《人民日报》和日本《近代中国人物研究》等中外报刊上，用以作为我已出版的《宋庆龄传》一书的补充。

（二）对廖仲恺、何香凝等人的研究

孙中山晚年思想的转变与发展，是中国近代历史发展中的一个关键。而中国国民党左派，作为维护孙中山的革命主张和政策的一个坚强支柱，作为近现代中国政治舞台上的一支重要力量，在历史发展中也发挥了不可忽视的作用。

在这一意义重大的事件中，廖仲恺、何香凝等国民党左派著名代表人物，协助孙中山改组中国国民党，在中国革命前进的曲折历程里，一贯坚持和发扬孙中山热爱祖国、不断进步的革命精神，与中国共产党人肝胆相照、紧密合作，对中国人民革命事业做出了不朽贡献。其中，廖仲恺为了保卫孙中山的三大政策献出了鲜血和生命。何香凝则继承夫志，苦斗 24 年，迎来民主革命的胜利，并在晚年参加了社会主义革命和社会主义建设的行列。他们的功绩作为中国民主革命事业的一部分，是不可磨灭的。他们的败不馁、胜不骄，临龙潭而不惧，出淤泥而不染，富贵不能淫，贫贱不能移，威武不能屈，鞠躬尽瘁，死而后已的品质，更为人们所称道。正是这种功业、思想和品德相互辉映，被人们赞誉为中华民族的一代典型，是值得炎黄子孙景仰的。

可是在相当长一段时间里，我们对廖、何资料积累有限，研究也很薄弱，实在注意得太不够了。日本学者山田辰雄教授早在 1980 年就出版了专著《中国国民党左派研究》，而国内当时尚没有一本这样的专门著作。显然，我们有不可推卸的责任，需要迅速改变这种状况，填补这一方面的空白。因此，先后有七八年时间，我有意识地将这方面的研究作为自己工作的重点之一。

1982 年 8 月，我写完《廖仲恺传》，请宋庆龄先生亲笔题了书名，由北京出版社出版。

在撰写这本书的时候，我深感廖、何二人的资料甚为短缺，并有不少空白点，应该着重进行收集其第一手史料的工作。经过向研究所领导申请同意后，我接受了编纂廖仲恺、何香凝文集的任务。

这一文集的编纂工作是相当繁重的。廖仲恺的著作，在他去世后，编辑过三个集子，即 1926 年出版的只有 25 件作品的《廖仲恺集》、1929 年出版的《廖仲恺全集》和 1963 年出版的《廖仲恺集》，这三个集子的分量都不大，都很不够完整。何香凝的论述，则没有出版过集子。为了完成编纂任务，我约到在中国人民大学读书时的同学余炎光（时为暨南大学教授），两人合作进行广泛的资料收集工作。在京、穗、沪、宁、汉、辽、吉、黑等各大城市的图书馆、档案馆和高等学校，走过不少地方和单位，查阅了大量的报刊和档案，进行了广泛的文献资料收集；并调查走访了廖仲恺、何香凝的亲属和朋友，总共收集到现有的 863 件作品，共 130 余万字，并有图片、手迹等40余幅。其中，廖仲恺文444件，何香凝文419件。文集所收录的著述，上起廖、何早期留日时期，下迄廖遇难前夕及何所发的最后文章。内容包括论著、文电、演说、家书、译著、诗词、书法等作品，其中有许多前所未见的作品。至于校勘、考订、注释等事宜，不仅工作量大，更是十分繁琐。在编校过程中，一篇篇作品每每把我引向革命的烽火年代，滚滚风雷犹在耳边。我也就浑身有力，不知疲乏，常常挑灯夜战，用了整整三年时间，完成了《双清文集》（上、下卷）。“双清”的典故，来自1897年10月廖仲恺、何香凝结婚后在羊城时居住的“双清楼”，取“人月两清”之意。《双清文集》是廖仲恺、何香凝战斗一生的忠实记录。承邓颖超先生亲笔题签，由人民出版社于1985年6月出版。我和余炎光完成了一项非常有价值和意义的工作。

与此同时，我积极投身于廖、何二人的传记撰写工作。

首先，我对1982年出版的《廖仲恺传》进行了增订工作。通过使用新资料，全面地研究和总结廖仲恺的革命实践和革命思想，使其成为鼓舞后人奋发前进的力量源泉。促使该书从原来的11万多字增多至16万多字，内容更为丰富，在2011年8月由团结出版社出版。

其次，撰写了《何香凝传》一书。

何香凝是我国近代杰出的女革命家，中国国民党著名元老，中国共产党的真挚朋友。

她那富有传奇色彩的一生，跨越中国民主主义革命、新民主主义革命和社会主义革命，以及社会主义建设三个历史阶段、四个时期，经历过许多重大历史事件。因此，加强对何香凝的研究和宣传，不仅对加深中国近代史、中华民国史和国民党革命委员会的党史研究具有十分重要的意义，而且对进行爱国主义教育、启迪后人亦有重要的现实意义。特别是在今天，在历史发出祖国统一、振兴中华的强烈呼唤，它将使人们从中得到启迪和力量，从而为完成祖国统一大业、为实现振兴中华的中国梦贡献聪明和才智。

在辛亥革命之前，何香凝送丈夫廖仲恺去天津从事革命活动时，所写下的“劝君莫惜头颅重，留取中华史上名”的诗句，浩气贯长空，至今仍震荡在祖国大地上。

何香凝的革命功业，不仅表现在辛亥革命时期所起的重大作用，还表现在国共两党第一、二次合作中做出的重大贡献，又经过艰苦的斗争迎接新民主主义革命的胜利，以及从事过社会主义建设事业。她在长达一个世纪的一生里，经历了四个时期，跨越了两个世纪，在极其艰难而复杂的斗争道路上，一心为国为民，虽饱尝艰辛而志不移，始终站在革命的前进的一边。她早年投身于民主革命，随着滚滚的时代洪流与时俱进，经过追求、接近和服膺真理的漫长历程，思想不断升华，逐步认清只有依靠工人阶级及其先锋队中国共产党的领导，中国民主革命才能取彻底胜利，她所信仰并全力奋斗的孙中山之三民主义才能彻底实现，因而最后终于迈上了接受中国共产党领导的大道，积极参与新中国的创立，从事新中国的建设事业，成为民主革命中寻求社会主义道路的先驱者。

1878 年 6 月 27 日，何香凝出生于香港，祖籍广东南海县棉村（今广州市芳村区东广教村南海村）。

鉴于研究和总结何香凝生平的重要意义，早在 1984 年时我便着手这方面的探究，希望写出一部传记专著。如前所述，我先约友人一起编纂出版了《双清文集》，后又陆续写出了多篇有关何香凝的专题论文，同时也为撰写《何香凝传》拟出提纲，并写出了部分初稿。此后，由于其他工作任务的缠绕和何香凝某些资料的欠缺，迫使该书写作计划陷于停顿。直到 1994 年才又提起笔来完成了这部书稿，前后历时竟达八年之久。不过，也总算终于了结了一桩填补空白的要事，实现了自己多年的夙愿。

《何香凝传》是记述何香凝一生革命活动和思想发展的学术性著作，期望能通过对具体历史事件的考述，揭示传主坎坷又富于传奇色彩的一生艰险经历与历史业绩，以及其接受中国革命转变的发展历程。

为了写好这部传记，我尽力掌握有关新资料。其中最珍贵的是何香凝本人在 1962 年 8 月 30 日至 9 月 5 日叙述自己一生经历的《谈话录》和她女儿廖梦醒所编的《何香凝大事记年》。这两种难得的第一手资料都是未刊稿，承廖梦醒、廖晖同志热情提供，使许多以往没有弄清的问题得到了解决。我还广泛挖掘同何香凝参与的重要活动直接有关的档案和报刊资料，如太平洋战争爆发后的《广西日报》（昭平版）、中国国民党民主派联合代表大会筹委会记录正本和代表大会记录簿原件等。这些都会极大地增进人们对何香凝其人的深入了解。

《何香凝传》经邓颖超先生亲笔题签书名、金冲及先生作序，由北京出版社在 1994 年 9 月出版。

该书对一些过去不甚了然或有所争论的问题，进行审慎的考证和探索，有了一些新的突破。它的出版在海内外引起了较为强烈的反响，并在 1994 至 1995 年间曾三次获得不同种类的优秀图书奖。之后，我在该书基础上，吸收出书后十年间学术界新的研究成果，又进一步充实提高，增订再版了《何香凝传》，由民族出版社于2004年7月出版。增订版通过35万文字，并配有近百幅照片，把一位革命前辈的光辉形象鲜明地树立了起来。

2011年，我将增订版《何香凝传》进一步修订，增补未刊的新照片、新资料，由人民文学出版社在2012年5月重新出版。

在这期间，我与李志奇又共同合著了《历史大相册——何香凝》一书，由中共党史出版社于2007年7月出版。该书除23万多字外，特地刊用了她的大量历史照片和墨迹等文物资料，从而更加立体形象、多角度地向人们展示了何香凝毕生的活动业绩。

我认为，以科学的态度传播前辈的革命精神，用以激励后人，促使人们更好地完成振兴中华的大业，正是史学工作者为实现中华民族伟大复兴的中国梦，应该尽到的职责。

正因如此，我鉴于宋庆龄和何香凝两人志同道合，情谊弥笃且深厚，长期并肩战斗，始终风雨同舟，声应气求，一起在多灾多难的20世纪对中华民族做出巨大贡献的功绩，十分赞誉，应该有专书阐释，供人学习和借鉴。

众所周知，宋、何两人都是矢志不渝的孙中山革命事业的守护者和继承者，又都是中国共产党忠贞不渝的亲密战友。她们一同为了拯救祖国、振兴中华这一崇高目标，而团结一致，紧密携手，满怀激情地奋斗了长达一个世纪的毕生时光，又都是随着历史潮流勇猛前进，思想不断升华，经过追求、接近和服膺真理的漫长历程，成为民主革命中寻求社会主义道路的先驱者，一起为国家、为民族、为人民做出了无愧于时代的历史贡献，并在人民心中留下了绚丽的丰碑，成为世人仰慕的英瑞。

因此，我针对宋、何二人的历史功勋和深厚友谊，计划撰写一部《时代之瑞：宋庆龄与何香凝》的专著。现已写出了上卷，力争在重暮之年完成下卷，以了此夙愿。

三、连绵不断的学术交流活动

我是中国社会科学院近代史研究所特邀研究员，享受国务院政府特殊津贴、司局待遇的离休干部，曾兼任北京大学孙中山思想国际研究中心顾问，中国宋庆龄基金会理事、名誉理事及其研究中心顾问，民革中央孙中山研究学会顾问，河南大学名誉教授，中国辛亥革命研究会顾问，广东惠州市廖仲恺何香凝研究会名誉会长，《许昌文史》顾问，许昌县志编纂委员会顾问等职。学问之道，重在切磋琢磨，相互砥砺，不断地进行探索和研讨。学者们的研究成果的交流，以文会友，辩难切磋，互补不足，搭建起了学术平台，是学术能够发展的一个重要条件。

2007年11月12日，在澳门大学举办的“孙中山思想与华人世界”学术研讨会上发言

2008年10月，参加香港“宋美龄及其时代”国际学术研讨会

为了进行学者之间的相互切磋和研讨，交流互动，长期以来，我几乎年年连续不断地参加孙中山、宋庆龄、辛亥革命、国共合作等方面的国内或国际学术研讨会。比如，1988年在北京附近的涿县，出席孙中山研究述评国际学术讨论会。1986年出席孙中山诞辰125周年学术讨论会。1996年出席纪念孙中山诞辰130周年的孙中山与中国近代化国际学术讨论会。2006年参加孙中山与振兴中华国际学术讨论会。这三次均在广东省中山市翠亨村召开。每次均提交论文，分别收录在各次论文集中。2008年10月，我赴香港参加“宋美龄及其时代”国际学术研讨会，并做了主题发言。此外，在北京、上海、广州、天津、南京、武汉、重庆、开封、苏州，以及台湾、香港、澳门等地，以及美国、日本、欧洲多国、亚洲马来西亚等国，在一些高等院校或学术团体讲学，参加会议，受邀主持研究生学位论文答辩，考察和收集资料诸项工作，活动范围逐步

扩大到世界各国和全国各地。活动内容也逐步多了起来，除了讲学、开会、调研外，还在有些学校就有关研究问题当参谋、顾问等。在这些活动中，除完成任务外，我也学到了许多做人、做事、做学问的道理；并且相应地积累了许多宝贵的经验和资料，结识了不少朋友，增益殊多。其中，1992 年 5 月 8 日至 17 日，我和近代史所张海鹏、湖南师范大学文史研究所韦杰廷三人飞赴台湾，参加了黄兴与近代中国国际学术研讨会。这是两岸关系开始解冻以来，大陆学者首次正式去台北进行学术交流的开端，具有重要的意义。台湾报界称这是“台湾史学界一大盛事”。我们参加了会议，汇集了资料，参观访问了台中、台南等地的有关学术单位，进行了学术交流。从此，开启了海峡两岸学术互动的大门。

1992 年 5 月，在台北政治大学

长期以来，我参加的学术交流活动连绵不断，为数众多。

现仅以2010至2011年的活动为例，简要概述如下。

第一，2011年是辛亥革命爆发100周年，也是孙中山研究领域发挥作用的最佳时机。我围绕这一纪念年份，皓首奋蹄，努力拼搏，完成了多项工作，做了四次专题讲座。

2010年10月24日，在中国国民党革命委员会和国家图书馆举办的“辛亥革命讲座”中，我以《辛亥革命及孙中山研究中的几个问题》为题做演讲。当天虽然天气不好，阴雨阵阵，国家图书馆礼堂中依然坐满了听众，有80多岁的年长者、20多岁的年轻人，还有从深圳、香港等地来的听讲者。讲演完，听众久久不愿离去，我为他们签名、解答问题半个多小时。2010年10月28日，《团结报》刊出《百年辛亥讲座再掀高潮》一文，专门报道了这次讲座的成功，指出：“在近两个小时的讲座中，尚明轩旁征博引，妙论频出……参加者频频点头”，感叹“长见识”。

2010年9月25日，应邀在中国人民抗日纪念馆大讲堂做《抗日战争时期的宋氏三姐妹》的讲演，现场回答听众提出的诸多问题。

2010年9月24日，应邀出席北京市政协在中山堂举办的纪念辛亥革命100周年大会，做题为《孙中山精神及孙中山研究刍议》的报告。

2010 年 12 月 10 日，应中国人民政治协商会议之邀，在其会议室做《辛亥革命的历史地位和作用》讲座，并为该单位筹办全国辛亥百年纪念大会提出了应注意的几个问题，并提供了参考意见。

第二，参加七次有关辛亥革命、孙中山等的国内学术研讨会。

2011 年 10 月 10 日至 14 日，参加在湖北武昌举办的纪念辛亥革命 100 周年国际学术研讨会，有中外学者 300 多人与会，是我国辛亥百年纪念中最大规模的国际学术研讨会。

2011 年 4 月 2 日至 6 日，到陕西西安参加黄帝

2011 年 10 月，在武汉参加纪念辛亥革命 100 周年学术会议

旗帜·辛亥革命与民族复兴学术研讨会，做《公允评价孙中山的问题》重点发言，并在4月5日(清明节)赴黄陵县参加祭陵大典等活动。

2011年5月28日至31日，在上海参加宋庆龄及其时代国际学术研讨会，讲述所撰写的《宋庆龄与保卫世界和平事业》论文。

2011年10月17日至20日，参加北京大学举办的辛亥革命与世界国际学术研讨会，做闭幕讲话。

2010年9月13日至15日，参加北京市政协在中山堂举行的孙中山精神论坛研讨会，做主题讲演，阐释孙中山精神。

2010年6月11日至18日，赴江苏镇江参加民革中央举办的《中山学概论》编写研讨会，讲述出版该书的意义和撰写该书的提纲。

应台盟中央及近代史所台湾研究室合办的孙中山与台湾学术研讨会的邀请，做了《孙中山与台湾革命》的重点发言。

第三，接待国内外多家媒体和网站的专题采访。为纪念辛亥百年，围绕孙中山、宋庆龄等辛亥人物，展开论述和解答听众所提的问题。2010至2012年，我先后接待了新华社《梦想与超越——从孙中山〈建国方略〉到中华民族伟大复兴》、人民日报社《宋庆龄生平》、中央电视台《国之瑰宝宋庆龄》、《今日中国》杂志社《孙中山的理想与实践》、北京电视台《孙中山与北京》《孙中山燃而不息的中国梦》《宋庆龄那些家国天下的岁月》、香港凤凰电视台《孙中山的一生》、安徽电视台《柏文蔚》、澳大利亚《城市周刊》杂志社《你所不知道的宋庆龄》、上海电视台《强国世博梦》、日本东京电视台《孙文与日本》、中国人民解放军电视宣传中心《苦难辉煌》，以及搜狐网、民进中央网等诸多报刊、电视台的采访，阐释和回答了他们所提出的各方面的问题。所有以上专题采访，均在《人民日报》、中央电视台以及日本东京电视台等诸多媒体刊载或播放。

除上述学术活动外，我还先后出版了六部图书：增订版《孙中山传》（80 万字）和《宋庆龄传》（70 万字），西苑出版社 2013 年 2 月出版；《孙中山图传》（20 万字）和《何香凝画传》（25 万字），民主与建设出版社 2012 年 1 月出版；《何香凝传》（30 万字），人民文学出版社 2012 年 5 月出版；《廖仲恺传》（17.8 万字），团结出版社，2011 年 8 月出版。这些图书可以说都得到了读者的认可，已有五篇书评和诸多报道刊发。其中，孙、宋两传，还在台湾思行文化传播有限公司出版了繁体竖排版，在港澳台三地及海外华人中发行。

为着祝贺《孙中山传》和《宋庆龄传》增订版的出版，北京电视台“书香北京”栏目特别录制了两传的录像专题节目，各用长达45分的时间播放，进行了介绍。

2013年3月11日，他们以《孙中山的中国梦——从苦难少年到革命伟人》为题，特制了《孙中山传》一书的纪录片，并在3月25日晚8时半的黄金时段播放。

同年4月3日，他们又以《宋庆龄那些家国天下的岁月》为题，录制了《宋庆龄传》的纪录片，在4月15日晚8时半播放，进行推荐和宣传。

以上两片除请有专家学者参加外，我作为作者，也被邀讲述了两书写作的历程。

2013年7月9日，北京中山公园中山堂举办了“尚明轩先生孙中山宋庆龄科研成果展”。展厅中共有22个展柜，包括浸透着我近60年心血的文稿、书稿，《孙中山传》《宋庆龄传》等专著、论文，编辑的孙中山、宋庆龄研究资料，以及个人的荣誉奖状等。据中山堂负责人介绍，这是北京中山堂第一次为学者举办专题展，举办此展览的目的：一是为从事孙中山、宋庆龄研究的学者提供学术线索；二是弘扬孙中山精

2013 年 1 月，北京中山堂，在增订版《孙中山传》《宋庆龄传》新书发布会上

神，激励人们特别是青少年的爱国情怀。

2013 年是宋庆龄 120 周年诞辰，增订版《孙中山传》《宋庆龄传》这两部书的出版，可谓是一份最诚挚的献礼。在这两部书中，首次刊出了宋庆龄与我关于“两传”（《孙中山传》《宋庆龄传》）史实核证与创作的多件往来信函，见微知著，彰显了宋庆龄的伟人风范和人格魅力。

我的个人成果展共展出 40 天，到 8 月 20 日结束。观众遍及全国各地，在这一成果展的观众《留言簿》里，写满了参观后的留言，他们认为这是“数十年心血凝成的丰硕成果”，“是夜以继日，孜孜以求，为中国近代史研究作出了贡献”。这些既是对我的亲切指导，更是对我的鞭策！

对这一成果展，当时有《中国社会科学报》《团结报》和近代中国研究网等，或做专文报道，或刊发了对我的专访文章。

此外，在此前后，我还撰写了12篇论文和文章：《孙中山研究与前瞻》（《郑州大学学报》，2011年第4期）、《正确评价孙中山的历史功绩》（《中国社会科学报》，2011年9月29日）、《辛亥革命的历史地位和作用》（《团结报》，2011年4月7日）、《从四个方面评价孙中山的历史地位》（《团结报》，2011年8月25日）、《编纂〈孙中山全集〉之我见》（《世纪》，2011年第6期）、《孙中山与台湾革命》（《中国社会科学报》，2011年11月8日）、《如何评价孙中山》（《社科之声——中国社科院网访谈录（一）》，中国社会科学出版社，2012年）、《孙中山、宋庆龄与国共合作》（《孙中山：历史·现实·未来国际学术研讨会论文集》，中国福利会出版社，2009年）、《宋庆龄与保卫世界和平事业》（《中国社会科学报》，2010年11月25日）、《辛亥革命，再话中山——访中国社科院近代史所研究员尚明轩》（《团结》，

2012年第2期）、《关于评价孙中山的几个问题》(《华夏文化》，2011年第2期）、《宋庆龄研究中的阙失》（《贵州社会科学》，2013年第12期）。这些论文已有部分篇章收入我的论文集《宋庆龄研究论丛》。

总的来说，65年来，我先后出版的主要论著有近30种、36卷册，在国内外发表史学论文等150余篇，全部编著共有2686万多字。个人事迹被收入《中国当代历史学者辞典》、《中国社会科学家大辞典》（英文版）、《1994年中国人物年鉴》、《2003年中国人物年鉴》和美国《世界名人录》。

回眸半个多世纪的研究历程，我在这一领域中摸爬滚打，上下求索，执着坚守，心无旁骛，虽对中国近代史学——主要是孙中山、宋庆龄等人物研究方面稍尽绵薄，做出了些微成果，取得了点滴小成就，但同理想殊多差距，更非达到了顶点。我既立志于从事学术工作，报效国家，服务社会，而学习无止境，研究更没有尽头。在中国历史学工作者面前，不论是理论方面，还是通史和专题史，都还有大量的问题需要研究、大量的资料需要挖掘和整理。就孙中山、宋庆龄这两位历史人物而言，他们的事业和思想有着极其丰富的内容，有着广阔的研究领域，还有不少问题需要继续探索。因此，摆在我面前的任务仍然任重而道远。在新中国成立 72 年的新时期，仍应该继续努力前进，再出发，为孙中山、宋庆龄等人物研究的深入开展，尽个人的绵薄之力。

我在近代史研究所（包括离休后）已经工作、生活了半个多世纪。这个具有优良传统、奋发向上精神，而且人才济济、学风深厚的研究单位，曾有不少为近代史所做出贡献的人已经撒手尘寰，目前年轻一代正继承前辈们的献身精神，孜孜不倦地在努力工作，开拓创新，使这个老所的优良传统得以继续发扬光大。

我对选择以孙中山为首的历史人物研究充满乐趣，锲而不舍，并甘之若饴地一直埋头工作，始终无怨无悔。现虽百岁老迈，仍以这一课题为伴，每天几乎手不释卷地翻修旧稿，增进新知。这已经成为我生活中不可或缺的一部分，并推动我夕霞奋耕，迄未辍笔。“春蚕到死丝方尽，蜡炬成灰泪始干。”我决心在有生之余年，量力工作，保持继续奋斗的精神，能够发挥点余热，做点力所能及的些微事情，直到闭上眼睛，以不虚度此生，无愧于来到这个世界。

四、跨出国门，广见博识

2010 年，出国签证上的证件照

学问之道，贵在交流。加强中外学术交流，对促进学科发展，挺进研究前沿，具有重要意义。史无定法，我们不能拘于一格，既不应该抛弃传统方法（训诂、考据、历史主义和阶级分析等传统方法），也不应该一概漠视西方的研究方法，各种方法都可以试试，择善、择宜而行。因此，进行国际学术交流、取长补缺是很有必要的。这里还有一个向历史借鉴，特别是向外国历史借鉴的问题，对我们解决当前我国存在的问题有借鉴作用。我先后应邀到日本、美国、意大利、马来西亚等国家的多所大学和研究所讲学，开会、调查研究或收集资料，使我眼界大开，既广交学人，丰富自己的社会经验，充实自己的生命，并能够传播中华民族的历史文化，提高认知中外文化的差异，收获颇为丰富。

事实上，加强国际间的学术交流，不仅有利于我们开阔眼界，借鉴和收获新的思维方式和研究方法，站在国际学术的最前沿，而且可以让国际学术界了解中国史学界的研究成果，扩大我们在国际学术界的影响，提高中国史学在国际上的地位，所以说它是一项很有价值和意义的事情。

我曾四次走出国门，漂洋过海，到了日本、美国和意大利等亚洲、美洲、欧洲的国家，增广了见闻，了解了亚、美、欧诸国的社会风情和历史文化，为进行深入的近代史研究，积累了宝贵的第一手资料，能够进一步促使我增强了对工作的信心和动力。

（1）早在我在职的时候，1985 年 4 月，应日本东京庆应大学的邀请，赴日本东京、神户、京都、横滨等地讲学、访问，参加学术研讨会和收集资料。受到庆应大学学长（校长）石川忠雄和山田辰雄教授的热情接待。在庆应大学大礼堂做了《孙中山与中国国民党左派》的讲座，并回答了有关孙中山与日本朝野人士进行广泛接触和交往的情况，以及史料收集情况和收获等问题。同时，接受日本东京霞山会会长近卫通隆和文化事业部长太田久胜之邀，访问了该会，参加了为我举行的座谈会；还接受东京宋庆龄研究会之邀，由该会负责人久保田博子主持，做过一次孙中山与宋庆龄的报告，进行广泛的学术交流。为着收集资料，专门跑到日本的档案馆，查询了有关孙中山在日本活动的档案，收获颇大。

在神户，我参观了孙中山纪念馆，该馆副馆长陈德仁是位长期生活在日本的华侨，他是神户华侨历史博物馆馆长，又兼任孙中山纪念馆副馆长，著有《孙中山与神户》。他们热情地接待了我，除参观两个纪念馆外，我还在该馆做了一次《孙中山与日本》的讲座。后来，陈德仁和其亲友还多次到北京，每次到北京，必来近代史研究所访问。我们在一起热情地交流研究孙中山的种种问题，并成为很好的朋友。

此外，我还到了东京图书馆、档案馆，查找有关孙中山的资料，颇有收获。

（2）1998年4至6月，我应香港珠海书院之邀，在该校讲学两个月，主要讲述与孙中山、宋庆龄有关的种种问题，并同该校研究生进行学术探讨，回答他们所提的诸多问题。之后，我踏上了赴意大利、奥地利、德国和法国的访问和收集资料的工作。

（3）1999年6月，赴美国檀香山参加孙中山研究的国际学术研讨会。在会议期间，参观了孙中山在檀香山的读书及革命活动的多处旧址，会晤了各国与会的专家学者，进一步加强了与外国研究孙中山的同行们的学术友谊。孙中山的孙女孙穗芳赠我有关他祖父的书籍、资料和一幅美国人绘制的由孙中山头像组成的孙中山像油画。

国民党元老谢持的次孙谢幼田在会议期间来访，送我《谢悲生先生事迹》一书，翻阅后发现不少新资料。他并提供了宋庆龄与陈友仁夫人张荔英 1932 年 4 月的往来信札等资料，反映了当时宋、陈关系的变化，收获颇丰。

同年 7 月中旬，我到斯坦福大学胡佛研究所东亚档案库查阅宋子文档案。每天从上午 9 时到下午 5 时，连续半个多月时间。该档案库收藏有黄郛（Huang Fu）、宋子文（T. V. Soong）、蒋梦麟（Chiang Monlin）诸人的档案。我主要查阅了 Schedules A 箱 38 箱和 B 箱 18 箱，共翻看了 40 箱的档案。时间以 20 世纪 40 年代者为主，杂以少数的早期者。多为函电、公文及杂件，内有《韩氏族谱》一册。它涉及当时的党政要人，如蒋介石、宋氏兄弟姐妹、蒋经国、李宗仁、冯玉祥、翁文灏、钱昌照等，发现不少有用的资料。其中颇多对民国史尤其对抗日战争、解放战争史有用的珍贵资料，具有一定的史料研究价值。我在那里复印了50多份资料和照片。

与此同时，我还到美国国会图书馆查阅有关中国史料的档案。其中，有该国公使出使中国的备忘录和日记等，查找了一些当时的间接资料。

（4）2010年11月19日至24日，应邀飞往马来西亚槟城州（简称“槟城”），参加孙中山庇能会议100周年庆会议，这是我最后一次走出国门。

我飞抵马来西亚后，受到华侨界及光华日报社负责人的迎接。我住在吉隆坡中山会馆，与会长古澜金、马来西亚中华研究中心主任林水豪，共同商谈在马来西亚的活动安排等工作。

2010年11月，在槟城参加孙中山庇能会议100周年庆学术会议

我在孙中山庇能会议100周年庆纪念大会上发表演说，高度评价庇能会议的重要历史意义，以及孙中山的伟大功勋。次日，又在孙中山创立的光华日报社，对该社的全体成员发表演说，赞扬《光华日报》的悠久历史和光辉业绩。

槟城州一共有两部分：一是槟城岛屿，一是威省。它除了是拥有多元文化的城市，还拥有山脉、稻田、渔村、红木林和沙滩，是个多元民族与宗教社会，许多历史建筑以及自然景观，给我留下了深刻的印象。1905至1911年，孙中山曾经五度到槟城，把家眷也留了下来。他在槟城策划了1911年3月29日的广州黄花岗起义，影响很大。可以说，正是因为受到广州七十二烈士的“碧血黄花”的感召，随后发生了1911年10月10日的“武昌起义”。

我在槟城停留了一个星期多的时间，去了该地的不少地方，曾经先后参观了该地的孙中山纪念馆、槟城阅书报社等纪念地和一些名胜古迹。同时，我还想方设法收集了与孙中山在槟城的有关资料和图片等，作为进一步充实孙中山研究工作之用。

谚曰：读万卷书，行万里路。行万里路，不亚于读万卷书。多出去走走，增多一些感性知识，对学人来说是必要的。因此，我在国外以访问学者进行学术交流和收集资料的同时，还利用空闲时间，走马观花般地掠影欧洲多国，参观各地的名胜古迹，了解了一些当地的人文、社会状况。例如，1998 年 4 月 26 日，我飞抵意大利罗马，住在位于地中海海边的一个寓所，远望海水，天水一色，风光旖旎，风景殊佳。我先后游览了罗马斗兽场、皇宫遗迹、凯旋门和罗马的市容。罗马具有悠久历史、深厚文化，房屋古色古香，有着欧洲古老文化的特色。

4 月 29 日至 5 月 3 日，我先后游览了梵蒂冈及其博物馆。梵蒂冈是天主教的国都，经常有天主教的宣传活动。梵蒂冈是全球最小的国家，常住人口仅 80 万多人，国土面积仅 0.44 平方公里，只有五十多个足球场那么大。但是，其博物馆甚大，所藏油画甚多，均为珍贵作品，富丽高雅，确为艺术的殿堂。接着，我游览了罗马少女泉、总统府和威尼斯广场，又从罗马西行 400 多公里抵达圣马利诺。这是一个欧洲最古老的共和国，拥有四个小镇和一个首都，全国总人口只有 2.5 万人。该国建国已有千年，并享有千年之久的和平，世界还没有一个现代化的国家，能有这样漫长无忧无虑的和平生活。其最高元首，称执政官，六个月改选一次，十分民主，国家乃为小民存在，小民乃在国家之上。这个国家的首都建在高耸无法攀登的悬崖绝壁之上，古堡巨炮更在首都之巅。全国各个小镇之间，一片青葱碧绿，道路平直。贩卖旅游品小店颇多，一片幽静文雅，并且全国清洁如洗，真是人间仙境。他们以旅游业及发行邮票为主要收入。

之后，我又游览了建在水中的威尼斯，乘坐游船周行在水水相连的大街小巷，观赏运河街景，甚感快慰。往昔人称苏州为东方威尼斯，有其相似之处，但难以相评比，有大巫小巫之别也。随后，到了奥地利首都维也纳这个音乐重镇，游览了维也纳音乐广场、歌剧院等地。再到德国慕尼黑，游览市容、教堂等。在法国巴黎，游巴黎圣母院、卢浮宫、大皇宫，登上埃菲尔铁塔最高的31层，参观了市容和凯旋门等处。在意大利罗马，游览了耶稣脚印教堂、针眼石、联合国粮农组织办事处，以及坎伯尼亚地区卡塞塔城的皇宫。该皇宫建筑宏伟、壮丽，是大建筑师卢吉、范维特利父子二人为波旁王朝的查尔斯国王建造的，从1752至1774年，历时22年完成。皇宫内有1200个房间，全部装饰得富丽堂皇，其后面有一个120公顷的大花园，其中特别壮观的是高达78米的大瀑布，游人如织。

我还参观了意大利被火山淹没的庞培城废墟。这个小城系公元前72年被维苏维火山爆发之火山灰所埋没。该火山自 1944 年再次爆发后，并没有死亡，在爆发口的不少处还在冒烟。目睹一些被火山灰活生生埋葬的骇人的尸体模样，惊心动魄，纵是铁石心肠的人，都会感叹唏嘘。

欧洲有大国 24 个，小国颇多，总计有 40 多个国家。房舍古色古香，具有深厚的文化底蕴，观赏各地的自然风物、民俗风情，确使人有一种“家”的感觉。在欧盟成立前，各国币制也不同，种类繁多。比如，马克、法郎、比索、里拉等。人走不远，嘴巴立刻成了哑巴，银子也成了废纸烂铁，英语在欧洲并不是完全通行。

走出国门后，我感到欧洲人和美国人普遍都忧患意识不强。他们在生活上安富乐假，优哉游哉，常常忙于休假度假之中。每年的度假就跟台风一样，威不可当。一旦跨入 5 月，人人芳心荡漾，杏脸含春；7 月一到，倾巢而出。再有，他们似乎对中国人传统的节约储蓄美德很不理解，多数欧美人怎么都想不通，为什么有钱不享受？我想他们是以其样样都有保险、收入又多所使然也。相比之下，在欧美的华人和华侨，则保持着勤奋向前的美德，特别是第一代移民，更刻苦努力。否则，便难以生存下去。这些是我到过欧美各国后，感觉较深的些许初步印象。

第九章　安度晚年话保健

我之所以能够在科研工作中坚持不懈，主要得利于我年轻时一些慢性疾病的病情好转，逐渐恢复了健康，有个较为健康的身体。如今，我虽年已百岁，但头脑尚清晰，耳朵也颇灵光，写作一直保持手写的习惯，生活完全可以自理。因此，才能使生活、工作顺利运转。如果你不会保健，有权有钱都没有保证，所以人到暮年，年迈体衰，特别需要注意保护自己的身心健康，应该把健康放在第一位。

老年人常被人们誉为燃烧的晚霞，意为虽进入暮年，但生活之光却无比灿烂。那么，如何才能够促使燃烧的晚霞映红天际，从而得以展示其独特的气魄呢？其中关键的问题，应是老年人要体会到生命的珍贵而善自保重，注意养生之道，努力促使自己具备健康的身心，从而达到延年益寿，从容优雅地沐浴“夕阳红”。“老有所养、老有所乐、老有所为”，是较为理想的老年生活状态。

1962年，在青岛疗养

人们能否健康长寿，取决于多种因素，虽与先天的遗传基因有关，但同后天的因素——特别是在养生方面的作用亦至大，甚至能够改变人们的命运走向。

我的家族基因还算比较理想，祖辈上下几代多以高龄谢世。这在本书第一章第一节中已有叙述，在此不赘。但是，由于我的青少年时代是在民族危亡、国家动乱中度过的，长达近十年的流亡生活，东奔西跑，颠沛流离，多年患有精神衰弱、脉管炎等病，精神一直欠佳，还曾有一段时间卧床不起，几乎成了一个老病号。幸运的是，病情好转和治愈后，待年过半百，却奇迹般的身体日益健康起来，成了一个亚健康的人。八十岁以前，除了眼睛有点不明、耳朵有点欠聪外，没有什么老相，仍然能够坚持天天几个小时的埋头书桌，工作不息，能够手写，焚膏继晷，兀兀穷年。现在依然经常练习毛笔字和参加一些有关的学术、文艺活动，至于社科院老干部局举办的老年运动会、春秋旅游等活动，过去也是尽可能地积极参与，生活过得有滋有味，还曾荣获了中国社会科学院2011至2012年度“健康老人”的光荣称号。近些年来，由于年龄的限制，集体活动已不能参加。

说起我的保健养生方法，毫不神秘，可概括为两句话：一是平和与积极的心态，二是合理的起居、饮食和活动。也就是，起居有时，饮食有节，保持适度的运动。

2012年1月18日，参加近代史所离退休人员聚会

平和与积极的心态就是心理健康和身体健康。从某种意义上来说，心态决定健康，还要面对现实，根据体质情况进行活动。人到老年，器官

老化，都会或多或少患有各种毛病，身体某个部位难免感到痛苦和不适，这是正常的现象。我现在患有多种老年病，肾部有病变，眼睛视物不清，安装了心脏起搏器，两只眼睛都做了白内障手术等，但是在心理上不讳疾忌医，按时求医吃药，坦然对待，既来之，则安之。不能因此消极悲观，在心理上先打了败仗。良好的心态是健康的基础。保持知足常乐的心态，才是淬炼心智、净化心灵的最佳途径。

2012年10月27日，91岁生日时，在方庄寓所书斋看书

首先，老人应该做到心境开朗，少私寡欲，顺其自然，习惯于箪食瓢饮的穷书生生活，把自己的余热和兴趣融入稳定和谐的社会生活中。因此，养成良好的习惯和规律的生活，就是长寿的根本保障。如今，我唯一的不足，是睡眠不好，经常失眠。总的说来，我的睡眠质量还可以。

其次，要耐得孤独和寂寞，能够正确看待孤独和寂寞。垂暮之年的我困居斗室，“天之涯，地之角，知交半零落”，老友一个个地离开了我，常使自己寂寞无聊，心情极易低沉，经常会沉沉不乐。遇到这种情况时，我就翻阅书架上一行行排列的书籍，不论自己从事的专业书或杂七杂八的消遣书，都自由地翻读，从书香中促使生活多几分乐趣，能够得到安慰，可以驱除寂寞和烦恼，并与书籍结下了深厚的情缘。在我的书桌案边的玻璃板下，压放着自书自勉的话语作为座右铭：“没有声音的地方才是寂寞，而书籍是纸上的声音，无声的声音，所以，对读书人来说，有书的地方就没有寂寞。”恰如南宋诗人陆游所云：“读书有味身忘老，病痛书卷做良医。”这说明读书可以养生，可以延长寿命。

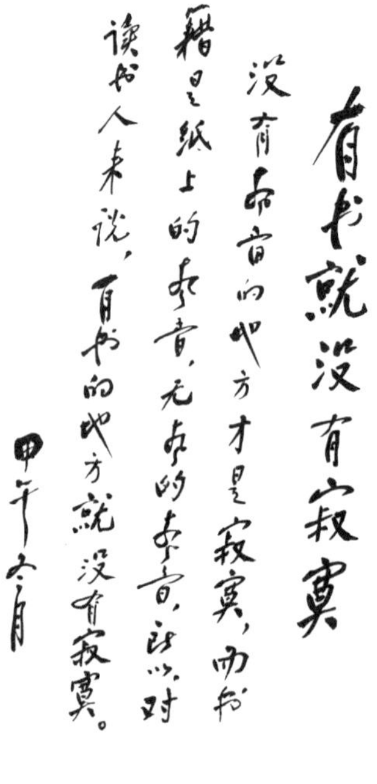

我自书自勉的话语

此外，人到老年，切不可过分劳累，不可伏案不起，更不可废寝忘食地干一件事，一定要换个门类休息。鲁迅先生认为，变换工作品种就是休息。要学会使用生命，要有一个好的心情。汉代大儒董仲舒说：“仁人之所以大寿者，外无贪而内心静，心平和而不失中正，取天地之美以养其身。”确是养生之名言也。

最后，用自己的爱好充实生活。兴趣爱好可以丰富生活，愉悦身心。研读历史既能使人明智，也可使人心胸开阔。许多人遇到挫折容易伤感，甚至消沉，聪明人则从史书中自寻安慰，一笑了之。因此，爱好研读历史，益处大哉。我是个酷爱研读历史书籍的人，学生时代就喜爱阅读历史书籍，工作后所从事工作的专业是中国近代史，特别嗜爱对孙中山、宋庆龄等历史人物的研究。在过去的半个多世纪里，我在这一方面做过些微工作，与“孙学”研读凝成了难解的特殊情结，潜心研究，始终无怨无悔。现在仍以这一课题为伴，日日手不释卷地翻修旧稿，增进新知。它几乎成为我生命中不可或缺的一部分，并且推动我夕霞奋耕，迄未辍笔。这一兴趣爱好，让我这个老翁心旷神怡，丢掉烦闷和寂寞，极大地充实了暮年的生活，促使我成为更懂得生活、更热爱生活的人。

为着丰富生活，促使身心健康，我还养成了侍弄花草的雅兴。对儿子购买或客人赠送的花草盆景，我虔心诚意地培土、浇水，并按照一年四季的更替，将花盆在阳台或屋内搬进搬出，尽心尽力地为花草“服务”；还随时令的变迁，适时地对苗木除虫、松土、施肥、修剪、打岔、捆扎，乐此不疲；期待着花草叶绿花艳，葳蕤生辉，悦目开心，能够促使我精神昂扬，心情舒畅。

正由于这一侍弄花草的雅兴，既可以点缀装饰住所的厅室，美化居室环境，又能够悦目怡神，陶冶情操，添加独居斗室的生活情趣，对保健身体和安乐心情也会获益良多，从而得以心旷神怡。

在合理的起居饮食方面，首先是注意在日常生活中的起居规律，我夜晚十时前上床，早晨七时左右起身，中午小睡两个小时左右。这一安排几乎雷打不动，近几十年来都是如此。

其次，在饮食方面，除去不吃辣椒，不喝酒，不抽烟外，五谷杂粮，酸甜苦香，荤素杂食，南北风味，中外食品，什么都吃，从不挑食。另外，还要注意，每餐用饭，严格把握食不过量，七八成饱足矣。

此外，家庭和睦，与朋友相处愉快，也是长寿秘诀之一。儿、侄、孙等晚辈的问候寒暄，谈笑说闹，其乐融融。他们孝敬的保健品，适当食用，亦能补益于身体安康。在主客观条件许可下，尽可能争取参与一些社会活动、文艺体育锻炼和社科院老干部局举办

2013 年春节，在方庄家里与 1953 级人民大学研究班同学聚会

的老年运动会，前些年我几乎是年年参加简单的运动和搓麻将游戏，动动脑筋，运动身体，亦可以促使身心日趋康健。凡此种种，都是有益于增强体质，扩大见闻，提升生活质量的有益活动。

尤其令人十分欣慰的是，我的子孙晚辈们在各自的工作岗位上都很认真努力地工作。他们积极向上，认真实干，事业有成，都决心要为实现中华民族伟大复兴的中国梦尽绵薄之力。儿子尚列在中国社科院经济研究所工作，多次出国进修、讲学、开会，进行学术交流。大女婿陈一舞是美国奥本大学（Auburn University）农学院终身教授，从事花生遗传育种研究，卓有成绩。孙子尚斌在杭州阿里巴巴公司工作，

2016年2月26日，祖孙三代在方庄寓所

从事数字金融科技，带来了虽微小但美好的改变。侄女尚培珍从上山下乡知青到工人，在改革开放大潮中艰苦创业，创建商贸和汽车制造公司，成了事业成功的企业家。侄孙尚建立在部队工作时，荣获二、三等功各一次，并获得“模范共产党员”称号。侄孙尚彦龙是科研工作者，多次获得表彰奖励。外侄孙张锐是澳大利亚悉尼金融机构的经理，每年到上海和北京所属机构讲课，进行业务培训，业绩显著。这些也都促使我心态进一步地得到欢欣，从而能够安心地发挥余热，不停地推动小车向前迈进，乐度余生。

结　语

回顾我走过的百年道路，往事依稀，感慨万千。虽然青少年时期长期生活在崎岖坎坷的道路上，饱经磨炼，风雨兼程，历经烽火，备受苦难。但我始终对生活充满信心，耐得住苦难寂寞，抵得住各种诱惑，与学习为友，力求在读书上与时代同行，在学术道路上摔打经年，终于迎来新中国伟大复兴的光明前景，从而尽心竭力为着新中国的繁荣昌盛，为中华民族的伟大复兴服务，做出了点滴对社会、对新中国不无补益的、微不足道的贡献，略感无愧于心，无愧于伟大的时代，并为拥有忠诚执着的理想而感谢生活，但自知学问浅陋，有些成绩，也是有赖于研究所同志与社会同仁的帮助和支持。

抚今追昔，回顾以往，我一生走过了不少非一般人所能想象的辛酸坎坷路。庆幸的是，我从 1956 年冬调到中国科学院近代史研究所（后为中国社会科学院近代史研究所）后，一直没有挪动，而且一直在现代史研究室和民国史研究室工作，欢欣地走上了科学研究道路，从事中国近代史——特别是投入到孙中山、宋庆龄等历史人物的研究，无怨无悔。我做这项工作迄今已有65年，度过了忧喜悲欢的生活。时间一晃而过，真是在转瞬间。单就年头来说，我愧属“元老级”的一人了。

半个多世纪的时间，对一个人来说确不算短促。但行之匆匆，今天回首我毕生的一些往事，有许多感悟，许多跌宕起伏的事件伴我成长，使我感到十分欣慰和庆幸，也感到相当惭愧。

在这一颇长阶段的时间里，我读了一些书，也写了一些文章和书籍。正由于长期的辛勤耕耘，经过执着的爬梳，收获也颇丰，这对我是继续从事研究工作的鼓励和鞭策。同时，我在为学之道方面逐渐摸到了点滴的体会和心得，提高了自己从事研究工作的自觉和积极性。

历史的重要性在于，“历史研究”是一面镜子，是一切社会科学的基础。学史明理，学史增信，学史崇德，学史力行。全面总结历史经验教训，使我们得以从借鉴中汲取智慧，科学地把握今天、开创明天。历史学的根本研究方法，是历史和逻辑的统一，既要求能从浩瀚的史料中提炼出历史发展的内在逻辑，抽象出能够启迪人们更自觉地为美好的明天而积极奋斗的理论。也就是说，要总结历史经验，把握历史趋势，能够发挥“察古知今”“鉴往知来”“资政育人”的作用。而要真正朝这个方面做研究工作，就只能对历史有深厚感情，把“史实”和“史料”作为研究历史的根本依据和出发点，潜心其中，耐得寂寞，专心研读，冥思苦想，心无旁骛；还要厚积薄发，对历史有较深的了解，深化对国家和人类前途命运息息相关的重大问题的认识；使所有著述确有心得创新，来不得半点浮躁，急于求成是不能成事的。

时光飞逝，岁月流转，我已年届百岁，发脱齿落，走到了人生边缘。与我的年龄差不多的亲友一个个地离我而去，我有幸“老而不糊涂”，仍有点儿所忧的事情耿耿在心。所忧者并不是忧那不可避免的“死亡”，而是深感来日无多，继续做科研工作的时间已所剩无几，壮志未酬，常引为憾。自己还有点儿该做的工作没有做完，而来者可追的时间已经不多。

限于年迈力衰，体质日益衰弱，思维也日趋迟钝。2019 年上半年，我在夜半更深时刻，在走向厕所的路上，接二连三地摔倒了四次，头破血流，肋骨折断两根，身心均痛苦不已，曾经多次跑协和医院急诊治疗，头顶部破伤之处缝了十多针。幸天公佑人，经过近半年的治疗和休养，庆幸能较为平安地度过，只是体质更趋衰弱了。

老年生活充满变数，真是祸不单行。2020 年 11 月 15 日上午，我在卧室又摔了一跤，造成屁股局部骨折。匆匆赶到协和医院看急诊，经过手术治疗，住院半个多月。回家休养了一段时间，幸已逐渐好转，尚可勉力工作，遂得以继续完成未了的研究课题。

“小车不倒只管推。”面对个人已经不长的“未来”，我要一如既往地继续研读工作，做一个“老而不迈”“老而不朽”的人，只要能思考、能动弹，一息尚存，绝不止步，终日困坐书城，坚持笔耕不辍，做点儿想做且力所能及尚未完成的工作。只要活着一天，要淡定从容地过好余生，尽力推动小车不停地缓慢前进，“春蚕到死丝方尽”，直到生命最后一刻为止。生命有穷期，奋斗无止境。夕阳无限好，“不待扬鞭自奋蹄”。为促进历史学的繁荣，我尽可能地发挥着自己的一份余热，希冀为实现中华民族伟大复兴的中国梦，能够做出新的点滴贡献，以求无愧于自己不忘初心的追求！

在我写作此书过程中，承诸多亲友的支持和鼓励，方能助我全力完成书稿。兹摘录李希然大妹的贺词谢之。

明德立学锐光前，轩昂庄浩颐如年。
老子道德经义深，兄侍众友厚爱宽。
生在中原文化地，日蕴聪慧才术专。
快步走过一世纪，乐看祖国脱贫欢。
健在书山勤为径，康游学海不惧难。
常怀素心度日月，寿登颐山进茶园。

由于年迈力衰，我常有力不从心的情况，幸赖家人给予协助。尚培贤、尚建立搜集资料、图片等，尚列更是出力，承担了打印初稿、查找与核对史实等工作，尽心尽力，全力以赴，一并致以谢意。

附录一　家庭简表

代			
祖一代	尚德修（有六子）		
祖二代	祖父尚毓秀（行六） 祖母艾氏		
上一代	父亲尚俊杰 母亲萧玉聪		
本代	哥哥尚铭轩（原名金鼎） 嫂子李秀兰	尚明轩（原名金声）	弟弟尚金堂 弟媳陈雪云
第二代	儿子尚列 儿媳李志奇	大女儿尚东 婿陈一舞	二女儿尚进 婿汤盘松
第三代	孙子 尚斌	大外孙 陈斯坦 二外孙 陈安瑞	三外孙 汤嘉明 四外孙 汤嘉鹏

附录二　著述存目

一、著作

1.《孙中山传》，126 千字，北京出版社，1979 年

2.《廖仲恺传》，116 千字，北京出版社，1982 年

3.《孙中山与国民党左派研究》，225 千字，人民出版社，1986 年

4.《宋庆龄年谱》（合著），307 千字，中国社会科学出版社，1986 年

5.《宋庆龄传》（合著），463 千字，北京出版社，1990 年

6.《孙中山》，64 千字，新蕾出版社，1993 年

7.《廖仲恺》（合著），86 千字，中国青年出版社，1994 年

8.《何香凝传》，320 千字，北京出版社，1994 年

9.《民国之父：孙中山》，226 千字，兰州大学出版社，1998 年

10.《孙中山及辛亥人物论丛》，548 千字，东方红书社，2001 年

11.《孙中山》，80 千字，民族出版社，2003 年

12.《何香凝传》（增订版），350 千字，民族出版社，2004 年

13.《历史大相册——何香凝》（合著），233 千字，中共党史出版社，2007 年

14.《孙中山传》，240 千字，文化艺术出版社，2008 年

15.《宋庆龄的后半生》（合著），229 千字，人民文学出版社，2009 年

16.《廖仲恺》，167 千字，团结出版社，2011 年

17.《矢志革命 百折不回：近代民主革命家廖仲恺》，64 千字，吉林人民出版社，2011 年

18.《孙中山图传》，194 千字，民主与建设出版社，2012 年

19.《何香凝画传》（合著），252 千字，民主与建设出版社，2012 年

20.《何香凝传》，300 千字，人民文学出版社，2012 年

21.《孙中山传》（增订版，上、下册，精装），800 千字，西苑出版社，2013 年

22.《宋庆龄传》（合著，增订版，上、下册，精装），700 千字，西苑出版社，2013 年

23.《宋庆龄研究论丛》，300 千字，西苑出版社，2013 年

24.《孙中山传》（上、下册），（台湾）思行文化传播有限公司，2014 年

25.《宋庆龄传》（合著，上、下册），（台湾）思行文化传播有限公司，2014 年

26.《孙中山图文全传》（全三册，精装），600 千字，新星出版社，2016 年

27.《宋庆龄图文全传》（全二册，精装），620 千字，新星出版社，2021 年

二、论文或文章

1.《认真地学习中国革命史》，《税校生活》第 3 期，1951 年 12 月

2.《〈中国近百年革命史略〉和〈国贼蒋介石〉是两本抄袭剽窃之作》，《历史研究》1957 年第 12 期

3.《东亚病夫》《孙中山关于中国出现大跃进的论述》，《解放军报》1977 年 12 月 29 日

4.《五四运动》，《中国报道》（世界语）1979

年第 5 期

5.《孙中山建立新型军队的努力》，《人文杂志》1980 年第 2 期

6.《何香凝的革命活动》，《中学历史教学》1980 年第 4 期

7.《廖仲恺传略》，《武汉师院学报》（哲学社会科学版）1980 年第 1、2 期合刊

8.《孙中山的青少年时代》（电视稿），1980 年 10 月 9 日由中央电视台播放

9.《辛亥革命》，《半月谈》1981 年第 18 期

10.《“无产阶级的好朋友”廖仲恺》，《人文杂志》1981 年第 5 期

11.《领导辛亥革命是孙中山的伟大功勋》，《团结报》1981 年 10 月 10 日

12.《关于兴中会在香港选举会长》，《团结报》1981 年 11 月 7 日

13.《〈新发现的孙中山致护法议员函〉纠误》，《光明时报》1981 年 1 月 20 日

14.《廖仲恺》，《光明日报》1981 年 10 月 23 日

15.《朱执信》，《光明日报》1981 年 10 月 25 日

16.《宋庆龄同志关于若干历史事实的一封信及来信的说明》，《百科知识》1981 年第 7 期

17.《廖仲恺》，《星汉灿烂》，中国青年出版社，1981年

18.《宋庆龄与孙中山的结合》，《新时期》1981年第7期

19.《任临时大总统前后的孙中山》，《新时期》1981年第9期

20.《驳右派攻击人事工作的谬论》，《中国科学院北京区青年反右派斗争大会材料选编》，科学出版社，1957年

21.《〈纪念宋庆龄同志〉前言》，《纪念宋庆龄同志》（画册），文物出版社，1982年；《人民日报》1982年5月28日；《光明日报》1982年5月28日；《中国新闻》1982年5月26日

22.《廖仲恺和首次国共合作》（合撰），《人民日报》1982年8月20日

23.《〈廖仲恺传〉前言》，《人民日报》1982年7月12日

24.《“廖案”历史岂容置疑》，香港《华侨日报》1982年10月11日

25.《宋庆龄与第二次国共合作的实现》（合撰），《人民日报》1983年1月24日

26.《近代中国的杰出人物——廖仲恺》（广播

稿），1983 年 3 月 5 日至 14 日在中央人民广播电台广播

27.《伟大的爱国主义者和民主主义革命家孙中山——为藏文译本〈孙中山传〉出版而写》，《民族书林》总第 12 期，1983 年 4 月

28.《大革命洪流中的宋庆龄》（合撰），《人民日报》1983 年 5 月 27 日

29.《廖仲恺先生二三事》（合撰），《华声报》1983 年 10 月 9 日

30.《第一次国共合作的回顾》，《中国建设》第 33 卷第 1 期，1984 年 1 月

31.《孙中山和首次国共合作》，《人民日报》1984 年 1 月 16 日；《中国国民党“一大”六十周年纪念论文集》，中国社会科学出版社，1984 年；《孙中山研究论文集（1949—1984）》，四川人民出版社，1986 年

32.《历史的必然 革命的需要——纪念中国国民党第一次全国代表大会六十周年》，以“陆仁”为笔名，由倡议者六人合写，《近代史研究》1984 年第 2 期；《人民日报》1984 年 1 月 20 日；《中国国民党“一大”六十周年纪念论文集》，中国社会科学出版社，1984 年

33.《革命军中马前卒邹容》，《辛亥革命时期的历史人物》，中国青年出版社，1983 年

34.《光复会的领导人陶成章》，《辛亥革命时期的历史人物》，中国青年出版社，1983 年

35.《第一次国共合作的深远影响》，《团结报》1984 年 1 月 14 日

36.《孙中山和首次国共合作》，《人民日报》1984 年 1 月 16 日；广播稿在 1 月 18 日由中央人民广播电台对国内外广播

37.《忆廖公——纪念廖承志同志逝世一周年》，《中国建设》第 33 卷第 6 期，1984 年 6 月

38.《何香凝反对国民党右派破坏三大政策的斗争》，《江海学刊》1984 年第 5 期

39.《廖仲恺与何香凝的战友情谊——纪念廖仲恺殉难六十周年》，《中国建设》第 34 卷第 8 期，1985 年 8 月

40.《邹容与孙中山》，《论邹容》，西南师范大学出版社，1987 年；《天津社会科学》1986 年第 5 期

41.《当前孙中山研究概况》，《江苏社科通讯》1985 年第 6 期

42.《廖仲恺与何香凝事略》，《历史教学》1985 年第 9 期

43.《护国运动结束到护法运动发生期间的孙中山》，《近代史研究》1985 年第 5 期

44.《廖仲恺何香凝战斗一生的忠实记录——〈双清文集〉序》，《光明日报》1985 年 11 月 24 日

45.《论廖仲恺何香凝的革命友谊及其发展》，《天津社会科学》1985 年第 6 期

46.《贺〈双清文集〉出版》，《人民日报》（海外版）1986 年 3 月 11 日

47.《中国对中华民国史的研究》，日本《东亚》1986 年 3 月号

48.《孙中山与中国国民党左派》，日本《东亚》1986 年 3 月号

49.《尚明轩教授谈——日本学术界对孙中山研究的概况》，《团结报》1986 年 5 月 10 日

50.《论孙中山的爱国主义》，《许昌师专学报》1986 年第 4 期；1987 年获学报优秀论文奖，又译为日文，《孙中山研究日中国际学术讨论会报告集》，日本法律文化社，1986 年

51.《中国大陆的孙中山研究》，《瞭望》（海外版）第 44 期，1986 年 11 月

52.《孙中山传记著作述评》，《回顾与展望——国内外孙中山研究述评》，中华书局，1986 年

53.《孙中山致犬养毅信稿手迹》，《文物》1986年第10期

54.《建国以来孙中山研究述略》，《中学历史》1988年第1期

55.《第一次国共合作的回顾》，《孙中山》（今日神州小丛书第19种），中国建设出版社，1986年；此后，除中文版外，分别以英、西班牙、法、阿拉伯、德、葡萄牙等六种外文出版

56.《首次护法运动中的孙中山》，《近代史研究》1986年第6期；《孙中山和他的时代》上卷，中华书局，1989年

57.《何香凝的青少年时代》，《传记文学》总第4期，1987年

58.《宋庆龄与抗日战争》，《史学月刊》1988年第3期；《民国档案与民国史学术讨论会论文集》，档案出版社，1988年

59.《宋庆龄论》（日文），《近代中国人物研究》，日本庆应义塾大学，1988年；后改为《宋庆龄述论》，《近代史研究》1989年第6期

60.《文史资料与中国近现代史研究——祝贺〈重庆文史资料〉创刊十周年》，《重庆文史资料》第30辑，1989年1月

61.《柏文蔚与孙中山》，《安徽史学》1990 年第 3 期

62.《我与孙中山研究》，《历史教学》1990 年第 2 期

63.《孙中山和辛亥革命》，《学习》1990 年第 7 期

64.《孙中山与廖仲恺的战友情谊》，《现代中国》1991 年第 11 期

65.《论柏文蔚与孙中山的关系》，《史学月刊》1991 年第 1 期

66.《我是怎样走向学术研究道路的》，《许昌文史》第 3 辑，1990 年 10 月

67.《孙中山与廖仲恺的战友情谊》，《现代中国》1991 年第 11 期

68.《孙中山与民初国民党》，《近代史研究》1992 年第 1 期；《辛亥革命与近代中国》上册，中华书局，1994 年

69.《略论孙中山的国家统一思想》，《团结报》1992 年 8 月 15 日；台湾《联合报》1992 年 6 月 9 日

70.《论黄兴的组党业绩》，《黄兴与近代中国学术讨论会论文集》，政治大学历史研究所，1993 年

71.《论黄兴的实业建国思想》，《光明日报》

1994年10月31日；《黄兴研究文集》,《近代史研究》增刊，1994年；《黄兴研究论文集》，武汉出版社，1995年

72.《何香凝的开山之作——〈敬告我同胞姐妹〉》，《团结报》1993年8月4日；《廖仲恺何香凝研究——廖仲恺何香凝学术研讨论文集》，广东高等教育出版社，1993年

73.《论宋庆龄与何香凝》，《近代史研究》，1993年第4期；《纪念宋庆龄诞辰100周年学术讨论会论文集》，中国和平出版社，1994年

74.《孙中山与香港》，《天津社会科学》，1994年第1期；《团结报》1994年1月26日

75.《何香凝在大革命后的一段曲折经历》，《人物》1994年第2期

76.《何香凝为陈德仁排忧解难》，《团结报》1994年2月19日

77.《孙中山与香港》，《天津社会科学》1994年第3期

78.《孙中山与日本的几个问题》，《贵州社会科学》1994年第3期

79.《何香凝渴望祖国和平统一》，《团结报》1994年12月21日

80.《孙中山爱国主义思想的特征》，《江苏历史档案》1995年第2期

81.《宋庆龄在抗日战争中》，《民国春秋》1995年第4期；《澳门日报》2000年9月3日“特刊”

82.《论黄兴的组党业绩》，《求索》1995年第4期

83.《何香凝与抗日战争》，《历史教学》1995年第9期

84.《宋庆龄民主革命思想的形成》，《学术月刊》1995年第12期

85.《宋庆龄与抗战时期的妇女运动》，《抗日战争研究》1995年第4期；《宋庆龄与中国抗日战争》，上海人民出版社，1996年

86.《关于孙中山、宋庆龄研究》，《辛亥革命研究动态》1995年第4期；《孙中山宋庆龄信息资料》1996年第2期

87.《“民革”筹建史实辩讹》，《近代史研究》1996年第2期

88.《何香凝与国民党革命委员会的创建》，《广东社会科学》1996年第1期

89.《甲午风云与廖仲恺的觉醒》，《江汉大学学报》1996年第2期

90.《孙中山与中国农业近代化》，《学术月刊》1996 年第 11 期；《孙中山与中国近代化》，人民出版社，1999 年

91.《陆荣廷与孙中山》，《学术月刊》1997 年第 4 期；《陆荣廷新论》，广西民族出版社，1996 年

92.《何香凝与“民革”创立》，《团结报》1997 年 11 月 12 日

93.《谈谈孙中山思想与孙中山研究的有关问题》，《孙中山宋庆龄研究信息资料》1997 年第 1 期

94.《孙中山与香港的密切关系》，《民国档案》1997 年第 2 期；《人大报刊复印资料》“中国近代史”专刊 1997 年第 8 期

95.《蔡锷与孙中山》，《求索》1997 年第 4 期：《蔡锷新论》，湖南人民出版社，1997 年

96.《为中山先生思想立传》，台湾“中央日报 · 中山学术论坛”专刊，1998 年 2 月 28 日

97.《〈孙中山的历程〉的成书及其特点》，《人民日报》1998 年 4 月 24 日

98.《孙中山的爱国主义与反帝思想》，《诗词书画论文集》，爱国主义学术研讨会，1998 年 12 月

99.《孙中山与废除不平等条约》，《北京社会科学》1999 年第 3 期；《新华文摘》1999 年 12 月号

100.《情谊深挚半世纪——宋庆龄与何香凝》，《宋庆龄与中国名人》，上海人民出版社，1999 年

101.《孙中山三次北伐》，《梧州日报》1999 年 11 月 13 日；《孙中山北伐与梧州》，广西人民出版社，2000 年

102.《孙中山的祖国统一思想》，《团结》1999 年增刊

103.《新中国五十年来的孙中山研究》，《学术月刊》2000 年 5 月号

104.《宋庆龄陈友仁关系钩沉》，《近代史研究》2000 年第 3 期

105.《宋庆龄与陈友仁夫妇关系中的一段曲折经历》，《宋庆龄与二十世纪学术研讨会论文集》，上海三联书店，2000 年

106.《宋庆龄研究中的几个问题》，《宋庆龄与二十世纪学术研讨会论文集》，上海三联书店，2000 年

107.《孙中山的振兴亚洲思想与实践》，《孙中山研究论集——纪念辛亥革命九十周年》，北京图书馆出版社，2001 年

108.《〈孙中山与辛亥人物论丛〉前言》，《团结报》2001 年 11 月 25 日

109.《北京大学举办的孙中山与辛亥革命学术研

讨会综述》，《辛亥革命研究动态》2001 年第 4 期

110.《民国时期的孙中山研究》，《学术月刊》2003 年第 4 期；《团结报》2002 年 8 月 6 日、8 日；《孙中山宋庆龄研究信息资料》2002 年第 6 期：作为高良佐著《孙中山先生传》一书“代序”，甘肃人民出版社，2006 年；《中国近代史》2003 年第 7 期

111.《在“辛亥革命与 20 世纪中华民族复兴”学术研讨会上的讲话》，《辛亥革命与 20 世纪中华民族复兴》，团结出版社，2002 年

112.《孙中山塑造国民素质的思想》，《辛亥革命与 20 世纪中华民族复兴》，团结出版社，2002 年

113.《孙中山开发西北地区的构想和擘划》，《团结报》2004 年 1 月 10 日；《西部大开发与环境保护国际学术研讨会论文集》，政治大学国际关系研究中心，2004 年

114.《孙中山与祖国和平统一》，《团结报》2003 年 11 月 13 日

115.《略论孙中山与中华民族精神》，《团结报》2003 年 11 月 11 日；《团结》2003 年第 6 期；《现代化视野下的孙中山研究》，崇文书局，2005 年；《团结报》2005 年 3 月 10 日

116.《孙中山与中华民族的崛起》，《孙中山与

同盟会——纪念中国同盟会成立100周年国际学术研讨会论文集》，北京大学孙中山国际研究中心，2005年；《孙中山与中华民族崛起国际学术研讨会论文集》，天津人民出版社，2006年；《学术论坛》2006年第1期

117.《加强对中国同盟会的深入研究》，《孙中山与宋庆龄研究动态》2005年第5期

118.《宋美龄与宋庆龄政治殊途中的姐妹情谊》，《团结报》2004年1月22日

119.《宋氏姐妹情跨世纪》，《百科知识》2004年第1期

120.《抗日战争时期的宋氏三姐妹》，《纵横》2013年第8期

121.《八十年来——我的成长和学术研究历程》，《许昌县文史资料》总第17辑，2004年

122.《深入的开拓，可喜的贡献》，《〈重庆通史〉评论集》，重庆地方史研究会，2005年2月

123.《何香凝与孙中山》，《团结》2006年第1期

124.《廖仲恺在近代中国的历史地位及其与中华民族精神》，《惠州社会科学界》2005年第3期；《廖仲恺何香凝研究》第1辑，广东科技出版社，2006年

125.《祖国统一是整个中华民族的伟业》，《传

记文学》2007年第6期

126.《孙中山与祖国的和平统一》，《传记文学》2007年第6期

127.《中国大陆半个多世纪来的孙中山研究的回顾与展望》，《孙中山宋庆龄研究动态》2007年第4期

128.《八十六年来——我的成长和学术研究历程》，《传记文学》2007年第12期

129.《中国大陆半个多世纪来孙中山研究的回顾与展望》，台湾《孙学研究》第3期，2011年11月；《河南大学学报》（社会科学版）2008年第5期；题目改为《中国内地半个多世纪的孙中山研究的回顾与展望》，《新华文摘》2008年第24期

130.《孙中山宋庆龄与国共合作》，《孙中山：历史·现实·未来国际学术研讨会论文集》，中国福利会出版社，2007年

131.《陆荣廷与孙中山》，《陆荣廷与旧桂系学术研讨会论文集》，广西人民出版社，2008年

132.《孙中山研究如何拓展和深化》，《团结》2009年第1期

133.《廖仲恺与孙中山伉俪》（合撰），《新论廖仲恺》，广东人民出版社，2009年

134.《宋美龄与宋庆龄政治殊途中的世纪亲情》，《“宋美龄及其时代”国际学术研讨会论文集》，台湾九意印刷事业公司，2009年

135.《宋庆龄与保卫世界和平事业》，《中国社会科学报》2010年11月；《“宋庆龄及其时代”国际学术研讨会论文集》，中国福利会出版社，2011年

136.《辛亥革命的历史地位和作用》，《团结报》2011年4月7日

137.《孙中山与南洋华侨》，《中国社会科学报》2011年4月21日

138.《从四个方面评价孙中山历史地位》，《团结报》2011年8月25日；《时贤论学》，团结出版社，2016年

139.《孙中山研究与前瞻》，《郑州大学学报》（哲学社会科学版），2011年第4期

140.《公允评价孙中山》，《华夏文化》2011年第2期

141.《正确评价孙中山的历史功绩》，《中国社会科学报》2011年9月29日

142.《孙中山与台湾革命》，《中国社会科学报》2011年11月8日

143.《辛亥革命的历史地位和作用》，《百年探

得复兴路——纪念辛亥革命 100 周年文集》，华文出版社，2012 年

144.《中国大陆的孙中山研究》，《瞭望》（海外版）第 44 期，1986 年

145.《孙中山生平事迹概论》，《孙中山画传》，团结出版社，2006 年

146.《宋庆龄政治思想的新起点——重读〈20 世纪的伟大事件〉》，《孙中山暨辛亥人物论丛》，东方红书社，2001 年

147.《宋庆龄政治思想的新起点——重谈〈二十世纪的伟大事件〉》，《历史教学》2009 年第 12 期

148.《宋美龄与宋庆龄政治殊途中的世纪亲情》，《中国社会科学报》2010 年 6 月 10 日、17 日

149.《孙中山与社会主义述论》，《河北学刊》2016 年第 5 期

150.《不懈的奋斗——孙中山一生坚持社会主义方向》，《团结报》2015 年 3 月 10 日

151.《孙中山先生的博爱观——纪念孙中山诞辰 150 周年》，《团结报》2016 年 11 月 10 日

152.《伦敦蒙难记》，《孙中山传》连载（一），《人民政协报》2016 年 10 月 29 日

153.《第一次国共合作》，《孙中山传》连载

（二），《人民政协报》2016 年 11 月 13 日

154.《孙中山与社会主义》，《北京观察》2016 年第 12 期

三、学术评论与书评

1.《〈国民政府秘史〉序》，《国民政府秘史》，华艺出版社，1992 年

2.《十朝旧事随流水》，《原野》2001 年第 2 期

3.《悼宋庆龄》，《秋韵诗词选》，社会科学文献出版社，1999 年；《孙中山及辛亥人物论丛》，东方红书社，2001 年

4.《〈北伐秘史〉序》，《北伐秘史》，知识出版社，1995 年

5.《〈邓演达与何香凝〉序言》，《邓演达与何香凝》，华文出版社，2012 年

6.《〈双枪将军马坤〉序》，《双枪将军马坤》，西苑出版社，2012 年

7.《〈孙中山在南京史料辑录〉序》，《孙中山在南京史料辑录》，金城出版社，2016 年

8.《〈孙中山诗传〉序》，地质出版社，2016 年

9.《〈孙中山思想概论〉序》，天津人民出版社，

2016年

10.《安度晚年话保健》，《团结报》2012年10月13日

11.《贺重庆市地方史研究会成立函》，《重庆地方史通讯》第1期，1989年3月

12.《满目青山夕照红——访许昌籍著名历史学家尚明轩教授》，《许昌报》1996年4月7日

13.《尚明轩教授谈赴台参加学术会议》，《团结报》1992年8月12日

14.《关于孙中山宋庆龄研究》，《辛亥革命研究动态》1995年第4期

15.《执着探究孙中山的学者——〈孙中山传〉作者尚明轩访谈录》（陈日浓撰），《今日中国》第45卷第12期，1996年12月

16.《中华情强国梦——访〈孙中山传〉作者尚明轩》，《人民政协报》2016年11月3日

17.《孙中山精神振兴中华的宝贵遗产——专访孙中山研究学者尚明轩》，《北京观察》2016年第10期

18.《尚明轩：与孙中山研究难舍难分》，香港《镜报》2016年8月加大号

19.《中国国民党民主派代表大会〈筹委会记录正本〉暨中国国民党革命委员会成立〈记录本〉》文

献整理，《近代史资料》总第九十号，1997 年 2 月

20.《〈孙中山的历程〉的成书及特点》，《人民日报》1998 年 4 月 24 日

21.《贺重庆市地方史研究会第一次会员大会暨成立十周年纪念会》，《重庆地方史通讯》第 35 期，2000 年 3 月

22.《胡春惠著〈民初的地方主义与联省自治〉序》，《民初的地方主义与联省自治》，中国社会科学出版社，2000 年

23.《研讨会成功和一点希望——在“孙中山与社会变革”学术研讨会闭幕式上的发言》，《近代中国》第 11 期，上海社会科学院出版社，2001 年

24.《尚明轩—生研读孙中山》（香港《文汇报》记者马鼎盛的采访），香港《文汇报》2001 年 12 月 3 日

25.《宋庆龄在 1927 年》，中央电视台的采访录像录音片，中央电视台“东方时空”特别节目，中央电视台 2002 年 1 月 19 日播放、5 月 2 日重播

26.《深入的开始 可喜的贡献——谈〈重庆通史〉》，《团结报》2003 年 3 月 25 日；改写为《重庆有了通史，可贺！》，《重庆商报》2003 年 2 月 16 日

27.《望龄老友周年》（悼诗，与王学庄合写），《全国诗社诗友作品选萃》第十二集，华艺出版社，2002 年

28.《孙中山宋庆龄纪念地第 21 次联席会议在近史所座谈会的讲话》，《孙中山宋庆龄纪念地第 21 次联席会议专刊》，2009 年

29.《你不知道的宋庆龄——专访〈宋庆龄传〉作者尚明轩教授》，澳大利亚《城市周刊》第 54 期，2013 年 2 月 28 日

30.《孙中山是一个凡人，但更是一个大写的人》，《今日中国》2009 年第 6 期

31.《编纂〈孙中山全书〉之我见》，《世纪》2011 年第 6 期

32.《如何评价孙中山》，《社科之声——中国社科院网访谈录》，中国社会科学出版社，2012 年

33.《辛亥百年再话中山——访中国社会科学院近代史研究所研究员尚明轩》，《团结》2012 年第 2 期

34.《抗战时期的宋氏三姐妹》，《纵横》2013 年第 8 期

35.《夕霞奋耕终无悔　梅花香自苦寒来》，《中国社会科学报》2013 年 8 月 19 日

36.《宋庆龄研究的阙失》（合撰），《贵州社

会科学》2013 年第 10 期

37.《坚定树立精品意识与质量意识》，《纵横》2014 年第 2 期

38.《“为了所有的人民”——宋庆龄指导我研究孙中山纪实》，《纵横》2014 年第 5 期

39.《宋庆龄指导我研究孙中山——访著名学者尚明轩先生》，《团结报》2014 年 11 月 6 日

40.《孙中山生命的最后历程》,《中国统一战线》2015 年第 4 期

41.《新版〈孙中山全集〉编辑有感》，《中国社会科学报》2016 年 1 月 22 日

42.《新版〈孙中山全集〉的创新》,《博览群书》2016 年第 1 期

43.《笔耕六十载　悠悠中山情——谈谈我创作〈孙中山图文全传〉》，《人民政协报》2016 年 11 月 7 日

44.《尚明轩》，《孙中山研究口述史·京津卷》（上），广东人民出版社，2016 年

四、编纂

1.《孙中山全集》（全 11 卷，第二、三、四卷

主编），1222千字，中华书局，1982年、1984年、1985年

2.《双清文集》（上、下卷，合编），1328千字，人民出版社，1985年

3.《孙中山生平事业追忆录》（合编），664千字，人民出版社，1986年

4.《孙中山的历程：一个伟人和他的未竟事业》（上、下卷，主编），997千字，解放军文艺出版社，1998年、2001年、2003年、2004年、2005年

5.《宋庆龄年谱长编（1893—1948）》（主编），666千字，北京出版社，2002年

6.《辛亥革命与20世纪中华民族的振兴》（主编），372千字，团结出版社，2002年

7.《孙中山画传》（总编审、顾问），60千字、820张照片，团结出版社，2006年

8.《宋庆龄年谱长编（1893—1981）》（上、下册，主编），1681千字，社会科学文献出版社，2009年

9.《孙中山全集》（全16卷，主编），10106千字，人民出版社，2015年